KB253782

숨바꼭질

숨바꼭질

허정 각본 이상민 소설

가연

1

"꼭꼭 숨어라, 머리카락 보인다. 꼭꼭 숨어라, 머리카락 보인다."

소년은 멀뚱히 서서 불안한 눈빛으로 형의 뒷모습을 바라보았다. 소년의 형은 커다란 아름드리나무에 얼굴과 팔을 대고 숫자를 세기 시작했다.

형에게 숨바꼭질을 제안한 것은 소년의 친구들이다.

소년은 안다. 그 이면에는 불순한 의도가 숨겨져 있다는 것을. 그래서 처음부터 내키지 않았다. 친구들은 형을 골탕 먹이는 걸 좋아한다. 형은 항상 쉽게 속는다. 지금도 가위바위보에 져서 술래가 되었다. 처음부터 술래는 정해져 있었다. 여럿이서 작정하고 한 명을 속이는 건 어려운 일이 아니다. 그래서 언제나 술래가 되는 건, 형의 몫이다. 하지만 형은 매번 술래가 되는데도 뭐가 그리 즐거운지 항상 웃는 얼굴이다. 한 번도 싫은 내색을 하는 것을 본 적이 없다. 오늘따라 그런 형이 소년에겐 한심하게 보인다. 가끔은 형이 정말로 좋아서 그러는 건지, 아니면 그런 척만 하는 건지, 궁금해진다.

소년은 복잡한 신경으로 형의 뒷모습을 보았다. 옷깃 위로 머리카락에 가려진 마스크 끈이 살짝 보인다.

형은 어릴 때부터 거의 마스크를 달고 살았다.

천성적으로 피부 트러블이 심해서 사시사철 두드러기가 몸에서 사라지는 날이 없었다. 그래서 어떤 아이는 형을 보고 꼭 외계인 같다며 놀렸다. 예전에는 그 일로 몇 번이나 그 아이와 주먹다짐을 했지만 어느 순간부터 소년도 아이들에게 동조하기 시작했다. 그렇게 하지 않으면 따돌림을 당하기도 하지만, 그보다는 형이 점점 부담스러워졌기 때문일지도 모른다.

분명히 소년이 동생이었지만 형은 많은 것을 소년에게 의지했다. 그래서 사람들은 항상 형과 비교하며 소년을 추켜세우는 일도 잦았다. 소년은 부담스러우면서도 우쭐해진 적도 많다. 다만 내색을 하지 않았을 뿐이다.

소년은 무심코 하늘을 올려다보았다.

사방에서 먹구름이 몰려와 흡사 밤처럼 새카맸다.

금방이라도 비를 퍼부을 기세다.

그러고 보니 아침에 집을 나설 때 우산을 챙기지 않은 것 같다.

소년도, 형도 둘 다 마찬가지다.

옆에서 친구가 소년의 어깨를 툭 쳤다.

이제 떠나야할 타이밍이 온 것이다. 친구는 기대에 가득한 얼굴로 소년을 바라보며 웃었다. 소년은 주변을 둘러보았다. 이미 다른 아이들은 일찌감치 사라지고 없었다. 어딘가로 숨을 곳을 찾아 떠난 게 아니다. 애초부터 숨바꼭질엔 관심이 없었다. 그건 소년도 마찬가지다. 중학생이나 되어서 숨바꼭질을 좋아한다면 두고두고 놀림의 대상이 될 것이다.

조금 후면, 소년은 친구와 함께 시내 당구장으로 간다.

거기서 자장면도 시켜먹고 담배도 피우면서 시간을 보낼 생각이다. 그러다가 시간이 남으면 만화방에 갈지도 모른다.

그러니까 애초에 숨바꼭질은 할 생각도 없었다.

친구들은 형을 놀리는 걸 좋아했다.

형은 아무것도 모르고 계속 소년과 친구들을 찾아다닐 것이다.

소년이 아는 형이라면 날이 저문 후에도, 한 명이라도 찾기 위해 사방팔방 돌아다닌다. 항상 그랬다.

지난여름에도 형을 술래로 만들고 정작 소년은 친구들과 함께 저수지에서 물놀이를 하다가 귀가했다. 소년의 형은 그런 줄도 모르고 밤새 소년을 찾아 헤매다가 새벽이 되어서야 집에 돌아왔다. 그날 소년의 아버지는 허구한 날 공부는 안

하고 밤늦도록 놀러만 다닌다며 형을 호되게 야단쳤다. 형은 억울해하면서도 한 번도 소년을 원망한 적이 없다. 소년은 형이 착해서 그렇다고 생각하지 않는다. 지금 형에게 자기마저 없다면 아무도 같이 놀아줄 사람이 없기 때문에 싫어도 늘 두둔하고 감싸는 거라 믿었다.

소년은 알고 있었다.

세상에 순수한 호의라는 건, 애초에 존재하지 않는다는 사실을. 늘 모든 일에는 대가가 따르는 법이다. 그건 형이 보여주는 호의도 예외가 아니라고 생각했다. 그러므로 형의 호의에 감사할 필요는 없다. 이미 자신은 그만한 대가를 치르고 있으니까.

이윽고 형이 숫자를 다 셌다면서 이제부터 찾아 나서겠노라고 선언한다.

친구가 늦기 전에 움직이자며 소년을 잡아당겼다.

소년은 형을 흘끔 쳐다보고 재빨리 몸을 숨겼다.

형이 기대에 찬 얼굴로 돌아섰다.

"자, 이제부터 찾는다!"

당당히 선언한 형은 어린아이처럼 해맑게 웃으며 소년과 친구들을 찾아 나섰다.

하지만 이미 소년과 친구들은 멀리 떠났다.

형은 포기할 줄을 몰랐다.

계속 소년을 찾아다녔다.

갑자기 천둥이 치더니 비가 쏟아지기 시작했다.

형은 문득 아침에 우산을 챙기지 않았다는 사실을 깨달았다. 그건 동생도 마찬가지였다. 형은 동생이 걱정되어 동생의 이름을 부르기 시작했다.

하지만 동생은 대답하지 않았다.

할 수도 없다.

그런 줄도 모르고 형은 계속 동생의 이름을 불렀다.

"성수야."

2

성수는 눈을 번쩍 떴다. 꿈을 꾼 거 같은데 어떤 꿈이었는지 전혀 기억나지 않는다. 기분 좋은 꿈이었던 것 같기도 하고, 아주 끔찍한 악몽이었던 것 같기노 했다. 머릿속 어딘가에 그 잔상이 남아있을 테지만, 애써 찾고 싶지는 않았다.

성수는 아내가 깰까봐 조심스럽게 침대에서 내려왔다. 욕실로 가서 약부터 챙겨먹고 양치와 세수를 하고 나왔다. 여전히 아내는 세상모르게 잠들어있다. 하기야 이 시각이면 아직 깨어날 시간은 아니다. 아내는 아침잠이 많은 사람이다. 지금이야 나아졌지만 신혼 때는 아내가 차려주는 아침상을 받은 날이 손에 꼽을 정도였다. 하지만 아내는 단점보다 장점이 많다. 성수는 적어도 자기보다 여러 모로 나은 사람이라고 생각했다.

성수는 까치발로 조심조심 거실로 나왔다. 운동복으로 갈아입으려고 드레스 룸으로 가려는데 아이들 방에서 호세가 코를 고는 소리가 들려왔다. 부모에게 '자식'이란 뿌리치기 힘든 '유혹' 같다.

성수는 잠시 갈등하다가 아이들 방으로 다가가 살며시 방문을 열어보았다. 방한가운데 나란히 놓인 두 침대 위에 호세와 수아가 사이좋게 자고 있다. 최근에 태권도를 배우기 시작한 호세는 꿈속에서 품세연습이라도 하는지 이불을 전부 걷어차고 코를 골며 자고 있다.

성수는 살금살금 들어가 바닥에 떨어진 이불을 끌어당겨 호세에게 덮어주었다.

호세가 잠결에 아빠의 손길을 느꼈는지 잠꼬대를 하며 뒤척였다.

성수는 웃으면서 호세의 머리를 살짝 쓰다듬었다. 그러고는 몸을 돌려 반대편 침대에서 오빠랑 다르게 곤히 자고 있는 수아의 이마에 입을 맞추었다. 엄마를 빼닮아선지 수아는 잠버릇도 엄마랑 똑같았다.

성수는 한참동안 아이들을 물끄러미 바라보다가 다시 거실로 나왔다.

슬슬 운동하러 갈 시간이다.

몇 분만 지체해도 인근 한강공원은 사람들로 붐빈다. 사회생활을 하면서 사람들과 부대끼는 건 어쩔 수 없다고 하더라도 적어도 운동할 때만큼은 누구에게도 방해받고 싶지 않은 게 성수의 솔직한 심정이다. 그래서 항상 이 시각에 집을 나선다. 이때만큼은 타인의 시선을 의식하지 않아서 좋다.

드레스 룸에서 운동복으로 갈아입은 성수는 식구들이 깰까봐 발소리를 죽이며 현관으로 갔다. 신발장에서 운동화를 꺼냈다. 운동화는 일주일에 한 번씩 잊지 않고 세탁하기 때문에 마치 새것처럼 깨끗했다.

성수는 운동화를 신고 복도로 나갔다.

문을 닫고 보니, 초인종 밑에 누군가가 낙서를 했는지 얼룩이 묻어있었다. 손으로 문질러 보았지만 지워지지 않았다. 아마도 유성잉크인 모양이었다. 갑자기 온화하던 성수의 얼굴이 일그러졌다.

성수는 다시 집으로 들어갔다. 다용도실로 가서 걸레와 세정액, 그리고 장갑을 챙겨서 복도로 나왔다.

성수는 장갑을 끼고 낙서를 노려보더니 세정액을 뿌리고 걸레질을 하기 시작했다.

하지만 생각처럼 잘 지워지지 않았다.

다시 세정액을 뿌렸다. 그리고는 이를 악물고 걸레로 문질렀다. 성수의 표정이 점점 굳어졌다. 성수는 소리가 나도록 빡빡 문질렀다. 낙서가 사라질 때까지 계속해서 걸레질을 했다. 성수는 운동가는 것도 잊은 채 낙서를 지우는 데 열중했다.

"이런, 씨……."

성수는 자기도 모르게 욕설을 내뱉었다.

낙서는 이미 지워졌지만, 어떤 유해한 성분이 남아있을지 모른다는 생각에 계속 걸레로 문지르고 닦았다.

아주, 집요하게.

3

"으따, 춥다. 벌써부터 추우면 어쩌자는 거야."

베란다로 나가서 담배를 피우던 남자는 날씨를 탓하며 물고 있던 담배를 어둠속으로 던졌다. 불씨가 살아있는 담배꽁초는 꼬리를 그리며 날아가다가 마침 지나가던 행인의 발아래로 떨어지며 붉은 파편을 사방에 흩뿌렸다. 조금만 궤적이 바뀌었어도 그 행인의 정수리나 어깨에 떨어져 화상을 입혔을 것이다.

"어떤 새끼야!"

행인은 누군지도 모르는 대상에게 욕을 해댔다. 걸쭉한 목소리로 보아 꽤 나이가 있는 아저씨인 모양이었다.

"어떤 새끼긴, 멋진 새끼지."

남자는 그렇게 중얼거리면서 불룩 튀어나온 배를 툭툭 두드렸다. 씩씩거리며 전신주를 상대로 화풀이를 하는 행인을 한동안 물끄러미 바라보던 남자는 금세 흥미를 잃었는지 바람에 이마로 흘러내린 다소 긴 머리를 손으로 쓸며 방으로 들어갔다.

남자가 머물고 있는 곳은, 베란다에서 바로 안방으로 이어지는 구조의 서민 아파트였다.

방바닥엔 빈 맥주 캔들이 굴러다녔다. 몇 시간 사이에 남자가 마신 것이다.

남자는 그중 하나를 드리블을 툭툭 차면서 몰고 가더니 소파 밑을 겨냥하며 슛을 날렸다. 캔이 데굴데굴 구르다가 소파 밑으로 쑥 들어가자, 남자는 주먹을 불끈 쥐는 세리모니를 하며 좋아했다.

"나이스 슛!"

남자는 키득거리며 소파에 몸을 던졌다. 다이어트가 시급한 남자의 몸이 쿠션을 짓누르자 소파가 살짝 기울어졌다. 언제 소파 다리가 부러질지 모를 일이었지만 남자는 개의치 않는 듯했다. 한눈에도 그런 자잘한 일에 일일이 신경 쓸 타입은 아니었다. 남자는 추리닝 안에 손을 넣고 벅벅 긁으며 다시 꺼내 냄새를 맡아보더니 씩 웃었다. 그러더니 두툼한 손으로 바닥을 더듬어 리모컨을 찾았다. 남자는 채널을 한참 고르다가 늘씬한 모델들이 속옷을 입고 나오는 홈쇼핑 채널에 고정시켰다. 남자가 헤벌쭉 웃으며 손을 추리닝 바지 안에 넣고 다시 자기 물건을 주물럭거렸다.

그렇게 한동안 속옷모델의 몸매를 감상하던 남자는 마치

뭔가를 체크하듯 습관처럼 시계를 보았다. 그러더니 소파에서 내려와 냉장고로 가서 맥주를 꺼냈다. 바닥에 흘려가며 맥주를 벌컥벌컥 마시고는 트림을 하고 다시 소파로 돌아왔다. 남자는 반쯤 남은 맥주를 홀짝이며 TV를 시청했다.

분위기가 묘했다. 거리낌 없이 행동하고 있지만 남자의 집이 아닌 것 같았다. 방만 둘러봐도 충분히 알 수 있다. 한쪽 벽을 차지하고 있는 옷장엔 온통 여자 옷들로 가득하다. 화장대도 그렇고, 방에서 풍기는 은은한 향기도 이 남자랑 어울리지 않는다. 게다가 지금 입고 있는 추리닝 하의는 빨간색도 아닌 하트가 그려진 핑크색이다. 어지간히 독특한 취향이 아니면 남자는 소화하기 힘든 색상이다. 가장 결정적인 단서는 집안 여기저기에 붙어있는 스티커 사진 중에 남자의 사진은 단 한 장도 없다. 아무리 봐도 이 집에 사는 사람이라고 하기엔 어색한 점이 많다. 그럼에도 남자의 행동에는 전혀 주저함이 없었다. 냉장고에서 들어있는 맥주랑 음식도 맘대로 꺼내먹고 쓰레기도 휴지통에 버리는 일이 없다.

맥주를 새로 꺼내러 가던 남자는 다시 시계를 보았다. 얼굴에 조급함이 나타더니 부리나케 옷을 갈아입는다. 마치 누군가를 피해 서둘러 피난가려는 분위기다. 남자는 혀를 차며 주섬주섬 바지를 입었다. 불룩 튀어나온 배 때문에 바지를 입는 데 시간이 걸렸다. 낑낑거리며 간신히 바지를 입은 남자는 웃옷은 아예 입지도 않고 손에 들었다. 그러더니 추리닝 바지를 급하게 옷장 밑으로 쑤셔 넣었다. 빈 캔들은 밟아서 찌그러뜨려 급히 소파 밑으로 밀어 넣었다. 마치 자기가 다녀간 흔적을 지우려는 듯했다.

"아, 씨발. 벌써 시간이 이렇게 되었나."

허둥대며 집을 나온 남자는 급하게 문을 닫고 어딘가로 사라졌다.

굳게 닫힌 현관문 옆으로 초인종이 보였다. 그리고 그 초인종 아래로 작게 붉은색으로 'O1'라고 휘갈겨 쓴 표식이 하나 있었다. 그게 무엇을 의미하는지는 알 수 없었다. 다만 다른 집에도 비슷한 표식을 찾아볼 수 있다는 정도밖에는.

4

　택시에서 내린 은혜는 성질을 있는 대로 부리며 문을 세게 닫았다. 택시 기사가 우범지역으로 유명하다며 아파트 안까지 갈 수 없다고 거부했기 때문이다. 덕분에 은혜는 거의 한 블록이나 되는 거리를 걸어가야 한다. 이래서야 일부러 택시를 타고 온 보람이 없었다. 민원을 넣으려다가 전화비가 아깝다는 생각에 그만두었다. 지금은 그런 일에 소모할 에너지가 몸에 남아있지 않았다. 벌써 며칠째 야근이었다.

　"아, 짜증나네."

　은혜는 핸드백에서 담배를 꺼내 빼물고 불을 붙였다. 남자친구에게 전화를 걸면서, 하이힐을 울리며 또각또각 부둣가를 걸었다.

　주변에는 연변 말씨를 쓰는 취객들이 서성였고, 노숙자들도 상당수 있었다. 어디서 술을 얻어먹었는지 많이 봐줘야 스무 살도 채 되지 않은 어린애들이 벌겋게 취해서 자기들끼리 낄낄거리다가 은혜를 보고는 너무나 당연하게 추파를 던졌다. 그녀가 사는 아파트로 가려면 좋든 싫든 이 부근을 지나가야했다.

“어. 지금 끝났어. 말도 마. 완전 짜증. 야근수당도 안 주면서. 툭하면 사람을 붙잡아놓고 일을 시킨다니까.”

그때 구석에서 돗자리를 깔고 술을 마시던 사내들 중 하나가 바지를 추스르고 일어나 은혜에게 다가왔다.

은혜는 일부러 말을 섞지 않으려고 걸음을 재촉했다. 하지만 사내는 음흉한 눈빛으로 흘끔거리며 은혜를 따라왔다. 은혜는 발을 빠르게 놀리며 벗어나려고 했지만 사내가 더 빨랐다. 금세 따라잡히고 말았다.

“왜 따라와요?”

은혜가 짜증 섞인 목소리로 말했다.

“어때, 아가씨, 이리와. 우리가 한 잔 살게. 응? 오빠들이랑 재미있게 놀자.”

사내가 능청스럽게 웃으면서 손가락으로 일행을 가리켰다. 그러자 저만치서 돗자리를 깔고 술판을 벌이던 사내의 일행이 은혜를 보더니 손을 흔들어 보인다. 하나같이 퇴물들이었다. 지금 은혜에게 말을 거는 사람도 나이로 치면 거의 삼촌뻘이었다.

“됐거든요.”

은혜는 일부러 차갑게 굴었다. 이런 상대일수록 매몰차게 대할 필요가 있다는 것을 그동안의 경험으로 알고 있었다.

"그러지 말고 같이 놀자니까."

사내가 은혜의 손을 덥석 잡았다.

"이거 놔, 이거! 안 놔?"

은혜는 신경질적으로 뿌리치고는 사내를 사납게 노려보았다. 상대는 자기가 무엇을 잘못했는지도 모르는지 넉살 좋게 웃기만 했다. 고래심줄처럼 끈질긴 타입이었다. 은혜는 슬슬 짜증이 일기 시작했다.

"그 아가씨 성깔 있네. 그냥 싫으면 싫다고 하지."

"뭐라고요? 참나, 어이가 없어서."

"어허, 어른한테 그게 무슨 말버릇이야."

"어른 같은 소리하고 자빠졌네. 어른 대접을 받고 싶으면 어른답게 굴던가. 별 거지 같은 게 다 시비네,"

적반하장도 유분수지. 은혜는 사내를 사납게 쏘아보았다. 그러자 사내는 조금 전의 기세는 어디로 갔는지 슬금슬금 시선을 피하더니 곧 꼬리를 내리고 일행에게 돌아갔다. 결국 술기운을 빌리지 않으면 여자에게 말도 못 거는 좀생이였다. 은혜는 꽁무니를 빼는 남자를 한심하게 쳐다보았다.

"에휴."

은혜는 한숨을 내쉬고는 빠른 걸음으로 그곳을 벗어났다. 어차피 달리 방법도 없었다. 은혜는 짜증난다는 듯 입에 물고 있던 담배를 내던졌다. 그러고는 마음의 보상을 얻기 위해 남자 친구에게 응석을 부렸다.

"자기야, 자기도 들었지? 진짜 미치겠어, 정말. 나 언제까지 여기서 살아야 되니? 뭐, 이사? 돈이 있어야 가지! 뭐라고? 자긴 또 왜 그렇게 받아들여? 그리고, 응? 내가 그렇게 말 좀 하면 안 되니?"

딴에는 하소연을 하려고 전화했던 은혜는 남자 친구가 생각만큼 받아주지 않자 속상한지 버럭 화를 냈다. 하지만 아쉬운 쪽이 자신이라는 걸 알기에 섣불리 전화를 끊을 수도 없었다. 사실 전화를 건 가장 큰 목적은 밤길이 무서워서 집에 도착할 때까지 말상대가 필요했다. 그런 까닭에 은혜는 계속 투정 반, 애교 반으로 통화를 이어갔다.

마침내 아파트 단지로 들어온 은혜는 슬슬 본색을 드러내기 시작했다. 이쯤이면 전화를 끊어도 무방했다. 남자 친구라고는 하지만 결국 잠자리 상대 중 하나일 뿐이었다.

"그래, 알았어. 우리, 말을 말자. 됐으니까, 끊어!"

은혜는 소리를 지르고 나서 전화를 끊어버렸다. 그러고는 엘리베이터 버튼을 눌렀다.

"하여간에 사내새끼들이란. 조금만 받아주면 아주 자기가 서방인 줄 알아요. 아, 진짜 짜증나. 정말 언제쯤 제대로 된 람보르기니를 탄 왕자가 나타나줄까. 인생은 그저 한 방인데. 한 방에 훅 가기도 하고, 한 방에 올라서기도 하고.”

그때 다시 전화벨이 울렸다.

은혜는 액정을 흘끔 보더니 혀를 차며 아예 번호를 차단시켰다. 어차피 당분간은 만날 생각이 없으니 꺼릴 게 없었다. 은혜는 잠잠해진 휴대전화를 핸드백에 넣고 방금 막 도착한 엘리베이터에 몸을 실었다. 4층 버튼을 누르고 잠시 기다렸다. 엘리베이터가 워낙 낡은 탓에 버튼을 눌러봐야 제대로 작동도 하지도 않고 괜히 손가락만 아플 뿐이다.

엘리베이터 문이 닫히기 직전, 누군가가 손을 쭉 뻗었다. 엘리베이터 문이 다시 열리고 오토바이 헬멧을 쓴 사람이 터벅터벅 들어왔다. 손에는 검정색 장대우산을 들고 있었다. 그걸 보고 은혜는 일기 예보를 상기해보았다. 아무리 생각해도 비가 온다는 이야기는 없었다. 은혜는 이상하다는 눈초리로 오토바이 헬멧을 쳐다보았다. 같은 층에 올라가는지 아무 버튼도 누르지 않고 있었다.

‘실내에서까지 쓰고 있으면 안 답답한가. 장대우산은 또 뭐야.’

키는 그리 크지 않은 중키에, 실루엣이 드러나지 않는 두꺼운 점퍼차림이라 남자인지 여자인지는 알 수 없었다.

엘리베이터 문이 닫히고 위로 올라가기 시작했다.

오토바이 헬멧은 꿈적도 않고 가만히 서 있었다. 그 묘한 침묵이 은혜의 심기를 거슬렸다. 어색함 때문에 말을 걸어볼까도 생각해보았지만 조금 전의 일을 생각하니 그러고 싶은 마음이 싹 사라졌다. 실내에서까지 저런 차림인데, 어떤 중증 변태인지 알 수 없는 일이었다. 미리 조심해서 나쁠 건 없었다.

이윽고 엘리베이터가 4층에 도착했다.

오토바이 헬멧이 먼저 내렸다.

은혜는 잠시 망설이다가 조용히 따라 내렸다.

공교롭게도 계속 같은 방향이어서 원치 않게 상대를 졸졸 따라다니는 꼴이 되었다. 덕분에 엘리베이터 안에서부터 느꼈던 어색함이 계속 지속되었다. 다행히 오토바이 헬멧이 먼저 집에 도착했다.

알고 보니 옆집 남자다. 종종 출근길에 마주치는데 외모도 그렇고, 하는 일도 일용직 같아서 그다지 친하게 지내고 싶은 사람은 아니었다. 가급적이면 인사도 나누고 싶지 않았다. 언젠가 대중탕을 다녀오는 길에 우연히 엘리베이터를 같이 탄 적이 있는데, 그때 흘끗 거리며 몸을 훑던 그 음흉한 시선을 지금도 잊을 수가 없었다. 여러 가지로 기분 나쁜 사람이었다. 그것 말고도 은혜가 옆집 남자를 싫어하는 이유가 있었다. 불행히도 아직 심증만 있을 뿐이지만, 언제고 확실한 물증을 잡으면 경찰에 신고할 생각이었다.

옆집 남자가 은혜의 시선을 의식했는지 흘끔 돌아보았다. 은혜는 괜히 오해를 사기 싫어서 앞만 보고 걸었다.

하여간에 패션 센스하고는. 은혜는 헛웃음을 삼켰다.

은혜는 총총걸음으로 옆집 남자의 뒤를 지나갔다. 그러면서 흘끔 쳐다보니 열쇠가 잘 맞지 않는지 덜컥거리는 소리만 날뿐 잘 열리지 않아 애를 먹는 듯했다. 열쇠도 황동색이고 지나치게 깨끗하다. 마치 복제한 열쇠 같았다. 그러고 보니 기분 탓인지 옆집 남자보다 체구가 작은 것 같았다. 그럼 다른 사람인가? 혹시, 도둑인가? 설마, 그럴 리가. 이런 집에서 뭘 훔쳐갈 게 있다고. 은혜는 조금 의아한 생각이 들기도 했지만 금세 대수롭지 않게 여겼다. 그저 빨리 집에 들어가고픈 생각뿐이었다.

은혜는 핸드백에서 열쇠꾸러미를 꺼냈다.

현관문 열쇠만 무려 세 개였다.

기존의 열쇠구멍 외에도 위아래로 두 개가 더 있었다. 동네가 워낙 험하다보니 안심을 할 수 없어 하나씩 늘리다보니 세 개나 된 것이다. 덕분에 집으로 들어갈 때마다 자물쇠 세 개를 모두 열어야하는 수고를 감수해야했다. 단지 동네가 험하다는 이유로 자물쇠를 늘린 것은 아니었다. 은혜가 매번 집을 비울 때마다 몰래 찾아오는 어떤 불청객이 가장 큰 원인을 제공했다.

문을 열기 전에, 불안한 눈으로 주변을 살폈다. 워낙 험한 동네라 잠시도 방심할 수 없었다. 은혜는 옆집 남자 말고는 딱히 수상한 사람이 보이지 않자 비로소 열쇠구멍에 열쇠를 꽂았다. 맨 위에서부터 차례차례, 순차적으로 자물쇠 세 개를 모두 열고 안으로 들어갔다. 그렇게 집으로 오자 비로소 안심이 되는지 은혜의 표정이 한결 부드러워졌다. 밖에서는 옆집 남자가 아직도 열쇠랑 씨름하는 소리가 들렸다.

은혜는 다시 자물쇠 세 개를 모두 채우고 신발을 벗었다. 거실을 지나면서 요령껏 옷을 훌러덩 벗고는 속옷차림으로 소파에 앉았다. 그러다가 다시 뭔가 생각났는지 벌떡 일어나 부엌으로 가서 냉장고를 열었다. 냉장고는 전자레인지로 조리하는 냉장식품과 맥주들이 가득했다. 은혜는 눈으로 맥주들을 헤아리더니 헷갈린다는 표정으로 고개를 갸웃하고 맥주 하나를 꺼내 소파로 돌아왔다. 그러고는 리모컨을 찾아 오디오를 켰다. 볼륨은 최대로. 스피커에서 터져 나오는 댄스음악을 들으며 맥주를 홀짝였다. 그때 바닥에 내팽개친 핸드백 안에서 벨소리가 들렸다.

은혜는 일어서기 귀찮은 듯 긴 다리를 뻗더니 용케도 발가락으로 핸드백을 잡아 자신한테 끌어당겼다. 전화를 건 사람은 평소 친하게 지내는 직장동료였다. 은혜랑 마찬가지로 지방에서 올라온 여자였는데 나이도 동갑이고 취미도 비슷해서 서로 죽이 잘 맞는 사이였다. 하루 온종일 사무실에서 얼굴을 맞대는 것도 모자라 이렇게 집에 와서도 종종 수다를 떠는 게 이제는 일상이었다.

"응. 나 집. 지금 들어왔어. 있잖아. 나, 오빠랑 또 싸웠다. 누구? 고상만? 아니 걔는 '오빠'가 아니지. 그냥 봉이지, 봉. 암튼, 오빠가 말이야. 정말 짜증나게 하는 거야. 어쩜 그러니. 아, 남자가 진짜……."

은혜는 친구에게 신세한탄을 늘어놓고 시작했다.

"야, 그리고 내가 말했지. 그 옆집 남자 말이야. 그래, 그 미친놈. 오늘 또 만났어. 완전 짜증나. 오늘은 또 웬 헬멧이래? 패션센스가 아주 작렬이야. 진짜 대박이라니까. 그리고 언제더라. 내 문 앞에서 서성댄 적도 있다니까. 여기 아주 미친놈 천국이야."

은혜는 친구가 뭐라고 했는지 갑자기 낄낄거리더니 핸드백에서 담배를 찾아 빼물었다.

"야, 있잖아. 나 저번에 한 번 열쇠 잃어버린 적 있거든. 그래서 열쇠가게 아저씨 불렀단 말이야. 근데 진심. 신분 확인이라도 해야 하는 거 아냐? 그냥 문을 따주더라니까? 그래, 그랬다니깐. 아주 개념이 없어, 개념이"

허공에 대고 담배연기를 훅 내뿜던 은혜는 무심코 옷장 밑에 쑤셔 박힌 추리닝을 보았다. 이상했다. 분명히 최근에는 꺼내 입지 않았던 바지였다.

"나, 잠깐만."

은혜는 벌떡 일어나 추리닝을 주웠다. 엉덩이 부분에 기다란 머리카락이 붙어있었다. 은혜는 미간을 찡그렸다. 얼마 전에 미용실을 다녀와서 산뜻하게 쇼트커트로 잘랐기 때문이다. 자기 머리카락이 아닌 것이다.

"미안, 내가 다시 걸게."

은혜는 전화를 끊고 추리닝을 들고 집 안을 서성였다. 그러다가 뭔가 짚이는 게 있는지 납작 엎드려 소파 밑을 보았다. 아니나 다를까, 소파 밑에 찌그러진 캔들이 있었다.

"아, 씨발."

은혜는 욕설을 내뱉으며 벌떡 일어섰다.

그러더니 그길로 곧장 옆집으로 달려갔다. 속옷 바람이라는 것도 잊은 채, 은혜는 거칠게 문을 두드리며 소리쳤다.

"문 열어! 야, 이 새끼야! 문 열라고!"

하지만 안에선 아무런 대꾸도 없었다. 분명히 조금 전에 들어간 걸 봤는데, 일부러 없는 척 하고 있는 것이다.

"야, 이 좆만 한 새끼야. 너 내가 모를 줄 알지? 빨리 나와."

여전히 대꾸가 없다. 은혜는 기가 막힌다는 듯 웃었다.

"이러면 다 끝나는 줄 아냐? 근데 어떡하냐? 내가 이럴 줄 알고 몰래 카메라를 설치해놨었거든? 경찰 부를 거니까, 넌 이제 좆 된 거야. 알아?”

협박까지 하는데도 아무 소리가 나지 않았다.

은혜는 신경질적으로 문을 걷어 차주고는 씩씩거리며 집으로 돌아왔다. 그리고 급히 노트북을 켜고 감시 앱을 실행했다. 폴더를 열어 지난 하루 동안을 담은 영상을 보려는데 갑자기 밖에서 나지막하게 현관문을 두드리는 소리가 들렸다.

“왜? 경찰에 신고한다니까 쫄았냐?”

은혜는 콧방귀를 뀌며 말했다.

아무 말이 없다. 그저 계속해서 문을 두들기고만 있었다.

은혜는 긴장하며 핸드백에서 치한퇴치용 스프레이를 꺼내 쥐었다. 그러고는 현관으로 가서 문을 열었다.

이상하다. 밖엔 아무도 없었다.

고개를 갸웃하며 다시 들어가려는데 뒤쪽 복도에 아무렇게나 쌓여있는 쓰레기더미에서 부스럭거리는 소리가 들렸다.

은혜는 흠칫 놀라며 조심스럽게 그쪽으로 걸어갔다.

“거기 누구야! 숨어있지 말고 당장 나와.”

말을 꺼내기가 무섭게 누군가가 밖으로 튀어나왔다. 깜짝 놀라 스프레이를 뿌리려던 은혜는 문득 상대가 어린아이라는 것을 깨닫고 쓴웃음을 지었다. 건너편에 사는 평화라는 여자아이였다. 여자애는 옆구리에 스케치북을 끼고 멀뚱히 은혜를 쳐다보았다.

"밤늦게 거기서 뭐하니? 빨리 들어가서 자. 알았지?"

여자애는 조용히 고개를 끄덕였다.

은혜는 다시 집으로 돌아왔다.

스프레이를 화장대에 내려놓고 반쯤 남은 맥주를 들이키며 조금 전에 보려던 영상을 다시 실행했다. 마우스를 움직여 화면을 거꾸로 돌리던 은혜는 뭔가를 발견하고 멈칫했다. 그러고는 다시 천천히 화면을 되돌렸다.

화면속의 은혜가 문을 보며 소리를 지르다가 스프레이를 챙겨 밖으로 나간다. 문제는 그 다음이다. 갑자기 누군가가 불쑥 화면에 등장한다. 오토바이 헬멧을 쓰고 있다! 옆집 남자가 분명하다. 이상한 점은 현관문이 아닌 베란다 쪽에서 나타났다는 것이다.

화면 속의 오토바이 헬멧은 방안을 서성이더니 갑자기 사각지대로 사라졌다. 은혜는 고개를 휙 돌렸다. 벽장 쪽이다.

은혜는 허둥대며 스프레이를 다시 집었다. 부들부들 떨리는 손으로 벽장을 여는 은혜의 눈이 커졌다.

벽장 안에 오토바이 헬멧이 있다!

은혜는 소스라치며 스프레이를 분사했다.

하지만 헬멧을 쓴 상대로는 무용지물이었다. 너무 많이 뿌려서 오히려 자기만 마시는 꼴이 되고 말았다. 매운 최루액을 들이마신 은혜는 콜록거리며 물러섰다. 그사이에 오토바이 헬멧이 천천히 옷장에서 나왔다. 손에는 장대우산을 쥐고 있다.

"아악, 저리 가! 저리 가라고! 도와주세요! 누구 없어요? 살려주세요!"

은혜는 두움을 청하며 비명을 질러댔다. 하지만 비명을 듣고 달려올 만큼 정의감이 넘치는 사람은 이 아파트에 살지 않는다. 스스로도 잘 알고 있는 은혜는 절망하며 주저앉았다. 살고 싶었다. 하지만 동시에 자신의 죽음을 직감했다.

은혜는 부들부들 떨며 두 손으로 빌었다.

"살려주세요. 제발, 살려주세요."

오토바이 헬멧이 고개를 갸웃거렸다. 그러고는 천천히 장대우산을 들었다.

헬멧에 비친 은혜가 두 손으로 얼굴을 가리며 비명을 질렀다.

피가, 헬멧에 튀었다.

5

“꼭꼭 숨어라, 머리카락 보인다. 꼭꼭 숨어라, 머리카락 보인다.”

차분하면서도 자상한 목소리가 집안에 울려 퍼진다.

손으로 입을 가리며 웃던 두 남매는 엄마가 열을 세기 시작하자 급히 숨을 곳을 찾아 헤맸다. 네 식구가 살기에 다소 과하다 싶을 정로도 넓은 평수라서 숨을 곳을 찾는 건 그리 어렵지 않았다.

“꼭꼭 숨어라, 머리카락 보인다. 하나, 둘, 셋, 넷…….”

성수와 민지, 두 부부는 벽에 이마를 대고 눈을 가린 채 아이들이 숨을 시간을 주기 위해 최대한 천천히 열을 세었다.

“……아홉, 열!”

두 사람은 동시에 열을 외치고는 조용히 돌아섰다.

그새 적당한 곳을 찾았는지 두 남매의 모습이 보이지 않았다.

“우리 공주님이랑 왕자님이 어디에 숨었을까? 꼭꼭 숨어,

지금 찾으러 간다.”

성수가 흐뭇하게 웃으며 아내와 함께 복도로 나왔다.

매일같이 청소기를 돌린 덕분에 먼지 하나 없이 깨끗한 거실에선 아이들을 찾을 수가 없었다. 소파 뒤에도, 테이블 아래에도 숨지 않았다. 이미 예상했던 일이지만, 두 부부는 일부러 당황한 척 하며 아이들의 이름을 불렀다.

“이상하네, 우리 호세랑 수아가 보이질 않네. 어디로 사라졌을까?”

그때 드레스 룸에서 키득거리는 낮은 웃음소리가 들렸다.

두 사람은 못 들은 체하면서 서재로 발걸음을 옮겼다.

“가만있자, 혹시 서재에 숨어 있나?”

“맞아, 그럴지도 모르겠네.”

성수와 민지는 두 아이가 들으라는 듯 큰 목소리로 말했다. 다시 웃음소리가 들렸다. 부모를 보기 좋게 속였다는 게 기쁜 모양이었다. 두 사람은 윙크를 하고는 서재로 가던 걸음을 멈추고 기둥 뒤에 숨었다.

잠시 후, 수아가 드레스 룸에서 살며시 나왔다. 몰래 다용도실로 숨어들 모양이었다. 뒤꿈치를 들고 까치발로 거실을 가로질렀다. 수아는 자기 계획이 완벽하게 성공했다고 자신하는지 환히 웃으며 흘끔 뒤를 돌아보았다.

“잡았다!”

그때, 성수가 재빨리 뛰어나와 껄껄 웃으면서 수아를 안아 들었다. 수아는 자지러지며 즐거운 비명을 질렀다.

"여보, 호세다!"

그때 민지가 주방 베란다 쪽으로 달아나는 아들을 발견하고 남편에게 외쳤다.

성수는 수아를 민지에게 건네고는 호세를 쫓아 베란다로 달려갔다. 벌써 초등학교 2학년인 호세는 마냥 꼬맹이가 아니었다. 제법 날쌘 동작으로 베란다에서 뛰어나와 거실로 내달렸다.

"어딜 도망가니."

민지가 두 팔을 벌리며 호세의 앞을 가로막았다.

호세는 다람쥐처럼 엄마의 다리 사이로 빠져나가 서재로 달아났다. 하지만 뒤따라온 성수가 한 박자 빨랐다.

"요놈, 잡았다."

성수가 아들을 뒤에서 끌어안아 번쩍 들어올렸다.

"아, 안 들킬 자신 있었는데……."

호세가 아깝다는 듯 중얼거렸다.

성수는 못내 아쉬워하는 아들의 머리를 쓰다듬으며 흐뭇하게 웃었다.

"아빠도 너, 겨우 찾았어."

"정말?"

“응, 정말.”

성수의 위로가 통했는지 호세가 환하게 웃었다.

“다음엔 정말 안 들킬 거야. 두고 봐.”

“그래, 그래.”

성수는 두 아이를 데리고 거실로 가서 소파에 앉혔다. 그러고는 숨이 차다는 듯 크게 숨을 내쉬며 자기도 소파에 몸을 묻었다.

“그나저나 우리 아들, 이제는 다 컸는데. 조금 있으면 아빠보다 빠르겠어.”

“나는, 나는?”

수아가 눈을 동그랗게 뜨며 물었다.

“우리 수아는…….”

성수는 일부러 말끝을 흐렸다. 그러자 수아는 눈을 흘기며 아빠를 쳐다보았다. 여자아이라 그런지 질투심이 많았다. 특히 오빠를 많이 의식했다.

“아직 더 있어야지?”

“나빴어, 정말.”

수아는 입술을 실룩거렸다. 그사이에 민지가 아이들을 위해 주방에서 음료수와 과자를 가지고 왔다. 수아가 가장 좋아하는 동물 모양의 젤리도 있었다.

“애들아, 목마르지?”

민지는 거실 테이블에 쟁반을 내려놓았다.

"아싸, 이건 내 거."

수아는 언제 그랬냐는 듯 환하게 웃으며 젤리부터 챙겼다. 호세도 테이블에 바짝 붙어 과자를 한 움큼 집었다.

"천천히 먹어, 애들아. 누가 안 뺏어먹는다."

두 남매는 엄마의 말이 들리지 않는다는 듯 정신없이 간식을 먹었다.

민지는 졌다는 듯 고개를 절레절레 흔들고는 남편 옆으로 가서 앉았다. 성수는 아내의 허리에 팔을 두르며 따듯한 온기를 나눴다. 두 내외는 나란히 서서 지금 이 순간을 영원히 기억하겠다는 듯 흐뭇한 눈빛으로 아이들을 바라보았다.

"여기로 이사 오길 잘한 거 같아요."

민지는 남편의 어깨에 머리를 기대며 나직이 속삭였다. 솔직히 그녀는 오랜 미국 생활에 익숙해져서 한국으로 돌아와 정착하자는 남편의 계획에 회의적이었다. 아는 사람도 별로 없고, 한국 사회 특유의 인간관계에도 불편했다. 오로지 남편 한 사람만 보고 결정한 귀국이었다. 이제 겨우 반 년째 접어드는 한국 생활이었지만 아직까지는 크게 불만을 느끼지 않았다. 물론 미국에 홀로 남은 친정 엄마가 간혹 마음에 걸릴 때도 있다. 만약 정말 이곳이 좋아지면 남편과 상의해서 친정 엄마를 한국으로 불러서 같이 지낼 생각도 하고 있었

다. 남편도 암묵적으로 동의했다. 어차피 시부모는 오래전에
세상을 떠났기 때문에 눈치를 볼 필요도 없었다.

"그래?"

성수는 아내를 바라보며 정말이냐는 듯이 물었다. 민지는
고개를 끄덕였다.

"응, 정말 맘에 들어요."

"나도 그래."

성수가 흡족하게 웃었다.

"있잖아요, 난 말이에요. 앞으로 계속 좋은 일만 있을 거
같아요. 당신도 그래요?"

여러 가지로 함축적인 의미를 담은 말이었다. 민지는 조심
스레 남편의 표정을 살폈다. 나이 차가 있어서 그런지 때로
남편은 아버지처럼 어려운 사람이었다. 하지만 남편을 사랑
하는 마음엔 변함이 없었다.

"응, 그래야지."

성수는 여전히 간식에 정신이 팔려있는 아이들을 바라보
며 고개를 주억거렸다. 그러자 민지가 성수의 옆구리를 쿡
찌르며 눈을 흘겼다.

"뭐야, 어째 건성으로 들린다?"

"아니야, 그런 거. 나도 똑같은 마음이야."

"기합이 약하다, 기합이."

“아, 옙. 시정하겠습니다.”

“그렇지, 바로 그런 자세야.”

아내가 마치 훈련소 조교처럼 굴자, 성수는 못 말리겠다는 듯 웃음을 터뜨렸다. 지금은 아내가 어떤 말을 해도 웃어넘길 수 있을 것 같았다. 그만큼 마음도 편하고, 기분이 좋았다. 그녀의 말처럼 이곳으로 이사 오길 잘했다고 생각하고 있었다. 정말로 앞으로는 좋은 일만 있었으면 싶었다. 좋지 않은 기억은 모두 잊어버리고…….

“나, 가게 좀 나갔다 와야겠다.”

몇 달 전에 오픈한 카페를 이야기하는 것이었다. 성수는 근처 번화가에 제법 큰 규모의 매장을 가지고 있었다. 일하는 직원들도 성실하고 매출도 꽤 좋지만 아직은 초반이라 직접 챙겨야할 일이 많았다.

“지금?”

민지는 하필이면 이때냐는 듯 남편을 쳐다보며 물었다. 이 좋은 기분을 조금이라도, 함께 더 누리고 싶다는 가벼운 항의였다. 성수는 진심으로 미안하다는 표정을 지어보였다. 아내가 그러는 이유를 이해하지만, 그의 성격상 직원들한테만 가게를 맡길 수는 없었다. 결국 고집을 꺾은 쪽은 민지였다.

“알았어요, 다녀와요. 당신을 누가 말려요.”

“일찍 올게.”

성수는 다시 한 번 미안하다는 듯 아내의 어깨에 가볍게 손을 얹었다. 민지는 남편의 손등에 뺨을 대고 입을 맞추었다.

"나가서, 애들 너무 볶아대지나 마셔. 당신, 좋은 남편이고, 좋은 아빠지만, 좋은 사장은 아니에요. 그거 모르죠? 당신 같은 타입의 사장이 얼마나 까다롭고 어려운지. 아마, 아이들도 똑같이 생각할 걸요?"

"내가 언제? 이래봬도 나, 맘씨 좋은 사장님이라고."

"아이고, 어련하시겠어요."

"진짜라니까."

"알았어, 알았다고."

"아, 정말 못 믿나 보네."

성수는 짐짓 서운하다는 듯 아내를 쳐다보았다.

"믿어요, 믿어."

민지는 건성으로 대답하며 성수의 등을 떠밀었다. 성수는 다섯 살 꼬맹이처럼 툴툴거리며 드레스 룸으로 털레털레 들어갔다.

"애들아, 아빠 나가면 우리끼리 마트 가서 맛있는 거 잔뜩 사와서 먹을까?"

"와아, 정말?"

"엄마 짱!"

성수는 아내와 아이들이 나누는 대화를 들으며 옷장을 열어 옷을 골랐다. 입고 있던 셔츠는 벗어서 반듯하게 개어 바닥에 가지런히 내려놓았다. 어차피 바로 세탁기에 들어갈 옷이었지만 그 잠깐 동안이라도 정돈되어있어야 마음이 편했다. 이런 성수의 결벽증은 때때로 타인에게 오해를 사곤 했다. 아내도 신혼초기에는 너무 유난을 떤다며 자주 말다툼을 벌였지만 이제는 포기 반, 이해 반인 심정으로 가급적이면 성수에게 맞춰주었다. 스스로도 자신의 문제점을 잘 알고 몇 번이나 고쳐보려고 노력해봤지만 좀처럼 나아지질 않았다. 지금은 남에게 불쾌감을 주지 않는 선에서 멈추려고 노력하는 편이었다.

바지까지 다 갈아입은 성수는 벗어놓은 옷들을 집어 옆구리에 끼고 옷장을 닫았다. 그때 아내가 아이들에게 무슨 이야기를 했는지 자지러지게 웃는 소리가 들렸다. 그 웃음소리에 옷장을 닫으려던 성수는 손을 멈추고 고개를 돌렸다가 순간적으로 옷장 안에서 '뭔가'를 본 것 같은 기분이 들었다.

"……!"

흠칫 놀란 성수는 황급히 옷장 안에 걸린 옷들을 헤집었다.

아무래도 잘못 본 모양이었다.

옷장에는 옷 말고는 아무것도 없었다. 두 눈으로 확인을 했지만 찜찜한 느낌이 사라지지 않았다. 하긴, 옷장 안에 달리 뭐가 있겠는가. 성수는 쓰게 웃으며 고개를 저었다. 그러고는 드레스 룸을 나갔다.

방문이 닫히고 드레스 룸엔 적막함만 감돌았다.

잠시 후, 성수가 아이들과 인사를 나누고 집을 나서는 소리가 들렸다. 웃음소리와 말소리가 울리는 것으로 복도까지 따라가서 배웅하는 모양이었다.

그때 성수가 제대로 닫지 않았는지 옷장 문이 딸깍하며 살짝 열렸다. 겉으로 봐서는 거의 표가 나지 않을 정도였다. 잠금장치가 헐거워져서 그런지도 몰랐다.

그리고 옷장 안에서 불규칙적이면서, 아주 희미한 소리가 간헐적으로 흘러나왔다.

그것은 마치 '숨소리'처럼 들렸다.

6

"아, 뭐야. 또 왔잖아."

대걸레로 바닥을 닦던 아르바이트생 진주가 윈도를 흘끔 보더니 손을 멈추고 짜증난다는 듯 내뱉었다.

카운터에서 오전 매출 기록을 확인하던 성수는 고개를 들어 창밖을 보았다.

밖에서는, 비가 쏟아지고 있었다.

쉴 새 없이 내리는 장대비 속에서, 마흔 살쯤 보이는 남자가 보도블록에 주저앉아 있는 게 보였다. 너저분한 옷차림으로 보아 노숙자인 모양이었다. 무슨 영문인지 몰라도 물통에 받은 빗물을 신경질적으로 바닥에 뿌리고 있었다. 때마침 점심시간이라 오가는 행인이 많은데도 아랑곳하지 않았다. 사람들은 불편을 감수하고 빙 돌아서 그를 피해 다니며 곱지 않은 시선을 보냈다. 그러거나 말거나 노숙자는 계속해서 심술을 부렸다. 한번쯤 누군가가 주의를 줘야할 것 같았지만 다들 불편하게 여길 뿐 아무도 선뜻 나서지 못했다.

“누구? 여기, 자주 오나.”

성수는 팔짱을 끼고 무심한 얼굴로 노숙자를 바라보며 진주에게 물었다. 진주는 말도 말라는 듯 손사래를 쳤다.

“자주요? 말도 마세요. 매일 와요, 매일.”

“매일? 언제부터 그랬어?”

“그게 저도 잘 모르겠지만 암튼 어느 날부터인가 매일 나타나요. 거기다가 머리가 어떻게 됐는지 맨날 이상한 소리만 중얼거리고. 진짜 미친 사람 같아요. 사람들이 싫어하는데도 눈치 없이 맨날 온다니까요.”

진주의 말을 입증이라도 하듯, 노숙자가 갑자기 손을 뻗더니 자기 앞을 지나가는 젊은 여자의 종아리를 건드렸다.

여자가 기겁하며 비명을 지르자 노숙자는 누런 이를 드러내고 히죽 웃기만 했다.

“미친 사람……..”

“왜 하필 여기 앞에서 저러는지 몰라요. 정말 기분이 나쁘다니까요.”

진주는 노숙자의 시선이 닿는 것만으로도 몹시 불쾌한지 몸서리치며 말했다.

“가게에 들어온 적은 없고?”

“네, 아직까진. 근데 또 모르죠. 사장님, 신고해야 되는 거 아닐까요?”

성수는 시선을 떼지 않은 채 말없이 고개만 끄덕였다. 한동안 그렇게 노숙자를 지켜보던 성수는 흥미를 잃었는지 다시 카운터로 돌아가 정산을 마무리했다.

"오늘은 정말 한가하네요."

청소를 마친 진주가 중얼거리듯이 말했다.

성수는 갓 내린 원두커피를 큼직한 머그잔에 담으며 가게 안을 둘러보았다.

하염없이 내리는 폭우 때문인지 평소보다 카페를 찾는 손님이 적었다. 어쩔 수 없는 노릇이다. 창가 쪽 자리에 앉아서 노트북을 열심히 들여다보는 젊은 여자 손님이 전부였다. 워낙 매장이 넓다보니 빈자리가 많아 너무 휑해보였다. 성수는 장사를 하다보면 이런 날도 있는 거라고 자위하며 고개를 돌렸다. 기분 전환도 할 겸, 음악을 올드 팝에서 분위기 있는 클래식으로 바꿨다. 카페를 오픈하면서 가장 공들였던 부분이 오디오 시설이었다. 성수는 다소 무리를 하면서까지 진공관 오디오와 스피커를 설치했다. 시대가 아무리 바뀌어도 음악만큼은 아날로그로 들어야한다는 게 성수의 철학이었다. 그래서 언제나 CD도, mp3같은 디지털음원도 아닌 레코드판만 고집했다.

음악을 들으며 커피를 몇 모금 마셨더니 갑자기 배가 아팠다. 성수는 머그잔을 내려놓고 물티슈를 챙겨서 화장실로 갔다. 무리해서 진공관 오디오를 들여놓는 바람에, 매장 안에 화장실을 만들 공간을 확보하지 못했다. 뒤늦게 깨닫고 아차 싶었지만 다시 내부공사를 할 시간적인 여유가 없었다. 그래서 하릴없이 같은 건물의 공용화장실을 써야했다. 다행히 뒷문으로 나가면 바로 화장실로 이어져서 불평하는 손님은 없었다.

화장실로 간 성수는 물티슈를 꺼내 변기의 좌대를 꼼꼼하게 닦았다. 건물주가 워낙 깐깐한 성격이라 관리를 잘한 덕분에 굳이 그럴 필요가 없었지만 성수는 남이 앉았던 자리라는 이유만으로 청결하지 못하다고 여겼다. 한참을 윤이 날 정도로 깨끗이 닦은 후에야 비로소 만족감을 느끼고 바지를 내리고 좌대에 앉았다. 그러고는 용변을 보려는데 밖에서 인기척이 들리더니 곧이어 지저분한 물이 타일바닥을 타고 흘러들어왔다.

'이런…….'

성수는 경악하며 그 구정물이 조금이라도 닿을까봐 얼른 뒤꿈치를 들어 까치발을 했다.

그때 밖에서 물소리가 들렸다.

성수는 조심스럽게 문을 살짝 열어 밖을 내다보았다. 지저분한 옷을 걸친 남자가 세면대 앞에 구부정하게 서서 페트병에 물을 담고 있었다. 성수는 남자를 알아보고 미간을 찡그렸다. 보도블록을 무단점령하고 앉아서 행인들에게 불편을 안겨주던 노숙자였다. 비에 흠뻑 젖은 탓에, 더러운 땟물이 바닥에 뚝뚝 떨어졌다. 타일바닥을 타고 흘러온 구정물도 그의 몸에서 떨어지고 있는 땟물이었다. 그것을 보자, 성수는 욕지기를 느꼈다. 마음 같아서는 당장 뛰쳐나가서 노숙자를 쫓아내고 싶었다.

노숙자는 물을 받으며 신음하듯 낮은 목소리로 뭔가를 계속 중얼거렸다. 아무리 귀를 기울여도 무슨 소리를 하는지 알아들 수가 없었다.

잠시 후, 수돗물로 페트병을 꽉 채운 노숙자는 발을 끌며 화장실을 나갔다.

긴장한 탓인지 복통이 사라진 성수는 바지를 올리고 조심스럽게 밖으로 나갔다. 혹시 노숙자가 근처엔 없는지 슬쩍 훑어보았다. 하지만 이미 건물 밖으로 나갔는지 그의 모습이 보이지 않았다. 성수는 세면대에 노숙자가 남긴 흔적으로 시선을 옮겼다. 더러운 땟물을 보자, 성수는 자기도 모르게 긴장하며 낮게 신음했다.

왜 그러는지 이유는 몰랐다. 그냥 뭔가 알 수 없는 불안감이 머리를 짓눌렀다.

성수는 꿈쩍도 하지 않고 한참 동안 그렇게 오도카니 서 있었다.

7

아이들을 키우는 집이 그렇듯 한창 자랄 무렵에는 매 순간마다 전쟁을 치르는 것 같다. 특히 온가족이 모여서 저녁을 먹는 시간이 더욱 그렇다.

네 식구가 식탁에 모여 앉았지만 시선이나 관심사는 제각각이었다.

수아는 유치원에서 있었던 일을 엄마에게 시시콜콜 말하는 중이었고, 호세는 거실에 켜놓은 텔레비전에만 정신이 팔려있었다. 그런 두 아이를 상대하느라 여념이 없던 민지는 문득 남편의 시선을 느끼고 고개를 들었다.

성수는 수저를 내려놓은 채, 웃음기 없는 얼굴로 식탁에 떨어진 밥풀과 찌개자국을 보고 있었다. 눈동자가 미미하게 떨렸다. 옆에서 수아가 쉴 새 없이 조잘거렸다. 성수는 뭔가 말하고 싶은지 입술을 실룩거렸다. 그때 호세가 텔레비전을 보느라 안 그래도 서툰 젓가락질로 김치를 집다가 떨어뜨렸다. 결국 성수는 낮게 신음하더니 벌떡 자리에서 일어나 냉장고로 성큼성큼 걸어갔다.

아이들이 긴장한 얼굴로 아빠를 쳐다보았다.

성수는 어색하게나마 미소를 지어보이고는 심호흡을 하고 냉장고를 열었다. 밀폐용기들이 자로 잰 듯 가지런하게 정돈되어있었다. 겨우 성수의 표정이 풀어지나 싶더니, 물병 하나가 비딱하게 있는 걸 보고는 다시 일그러졌다. 성수는 마치 용납할 수 없다는 듯 잡아먹을 기세로 그 물병을 노려보았다.

"여보……."

아내가 뒤에서 조용히 불렀다.

"약, 먹었죠?"

성수는 말없이 고개만 끄덕였다. 아마 거울을 봤다면 지금 자신의 표정이 얼마나 험악한지 알고 깜짝 놀랄 것이다.

"힘들면 말해요, 네?"

민지는 남편의 눈치를 살피며 조심스럽게 말했다.

이번에는 성수도 표정을 풀고 살짝 웃었다. 아내가 무엇을 걱정하는지 너무도 잘 알고 있기 때문이다.

"아빠, 오빠가 괴롭혀. 히잉."

그때 수아가 울면서 성수에게 다가왔다.

성수는 웃으면서 딸을 안아들었다.

"우리 공주님을 누가 울려? 아빠가 혼내줘야겠네."

수아가 눈물을 훔치며 손가락으로 오빠를 가리켰다.

"백호세, 빨리 동생한테 사과해."

민지가 엄하게 나무라자, 호세는 억울하다는 듯 정색하며 말했다.

"쟤가 먼저 놀렸단 말이야."

"내가 언제!"

수아가 시치미를 떼며 오빠에게 따졌다.

"그랬잖아, 네가."

둘은 팽팽하게 맞섰다.

"백호세, 그래도 네가 오빤데⋯⋯."

성수가 수아를 내려놓고 호세를 타이르는데 전화벨이 울렸다. 성수는 아내에게 아이들을 맡기며 안방으로 건너와 휴대전화를 찾았다. 발신번호를 보니 모르는 사람이었다. 성수는 잠시 망설이다가 전화를 받았다.

"여보세요?"

잠시 사이를 두고 처음 듣는 노인의 목소리가 들렸다. 그때 아이들이 툭탁거리며 싸우는 통에 무슨 말을 하는지 잘 들리지 않았다. 다만 사투리 억양이고 나이가 꽤 많다는 정도만 알 수 있었다.

"하지 마! 하지 말라고!"

"너나 하지 마!"

"백호세, 그만! 수아도 뚝. 아빠, 전화 받으시잖니. 좀 조용히들 해."

엄마가 타이르고 주의를 줘도 아이들을 막무가내였다.

성수는 서재로 자리를 옮겼다.

"여보세요? 누구시라고요? 잘 안 들리는데 다시 말씀해주시겠습니까."

"백성철 씨요."

"예? 누구요?"

노인의 입에서 뜻밖의 이름이 나왔다. 성수는 적잖게 당황하며 흘끔 아내를 살폈다. 아내는 아이들을 달래느라 이쪽엔 전혀 신경을 쓰지 못했다.

"혹시 백성철 씨랑 아는 사이가 아입니까?"

성수는 말문이 막혀 아무 대꾸도 할 수 없었다. 어째서 이 노인의 입에서 그 이름이 나오는지, 무척 당황스러웠다. 성수는 머릿속이 복잡해졌다. 전화를 끊고 싶다는 충동을 강하게 느꼈지만 가까스로 참아냈다.

"여보세요? 듣고 있습니까?"

"아, 예. 죄송합니다. 말씀하세요."

"방금 물었다 아입니까. 백성철 씨랑 어애 아는 사이냐고요. 그 말, 못 들었십니꺼? 참말로 답답하네."

"실례지만 전화 거신 분은 누구시죠? 백성철은 어떻게 아시죠? 제 번호는 또 어떻게 아셨습니까?”

성수는 자기도 모르게 격앙된 목소리로 되물었다.

“보소, 내 먼저 물었다 아입니까. 아는 사이, 맞습니까?”

노인은 다소 언짢다는 듯이 따졌다.

“……그 사람, 동생입니다.”

성수는 가까스로 쥐어짜는 목소리로 대답했다. 마치 성당
에 찾아가 고해성사라도 하는 기분이었다.

“뭐라꼬요? 동생? 지금 동생이라 캤습니까?”

이번엔 노인이 당황했다.

“대체 무슨 일입니까?”

노인은 한참을 뜸들이더니 조심스럽게 말했다.

“그 사람 말이죠. 아무래도 실종된 거 같아요. 함, 와 보셔
야…….”

실종.

그 말을 듣는 순간, 성수는 무거운 납덩이가 가슴에 쿡 박
히는 느낌을 받았다. 죄책감이나 근심이 아니었다.

그것은 ‘두려움’이었다.

“지금 실종이라고 하셨습니까?”

성수는 침을 꿀꺽 삼키며 되물었다. 확실하게 하고 싶었
다. 정말로 실종된 건지, 아니면 다른 문제가 있는 것인지.

“내는요, 백성철 씨가 사는 아파트 관리인데요. 고마 백성

철 씨가요, 연락이 안 된지 한참 됐십니더. 벌써 몇 달이나 지났다 아입니꺼. 이건 모 아무리 기다려도 나타나진 않고, 계약 기간은 진즉에 끝나버리고. 우리도 참말 난감합니더. 그라다가 방에서 그쪽 연락처가 나와가 이리 전화했십니더. 딴 건 몰라도 그 사람 짐이라도 좀 빼주면 안 되겠능교? 여보세요, 내 얘기 듣고 있능교? 아따, 보소……."

뭔가 이상한 낌새를 알아차렸을까. 아이들을 말리던 아내가 걱정스러운 얼굴로 성수를 쳐다보았다.

"여보, 왜 그래요? 무슨 전환데 그래요. 여보?"

성수는 아무 말도 못하고 휴대전화를 쥔 손을 늘어뜨린 채 우두커니 서 있기만 했다.

8

　아내가 잠든 걸 확인한 성수는 몰래 방을 나와 서재로 갔다. 책상에 앉아서 스탠드를 켜고 노트북을 열었다. 아내가 깨진 않을까 염려하며 서둘러 윈도우를 실행하고 오랫동안 사용하지 않았던 메일 계정에 들어가 보았다. 거기서 성철에게서 받은 메일들을 검색했다. 커서를 움직여 마지막에 받은 메일을 열었다.

　'한국에 돌아왔다면서? 주소라도 알려줘. 우리 서로 연락이라도 하면서 살자. 너한테 하고 싶은 얘기가 있다.'

　성수는 메일을 닫고 노트북을 껐다.

　안방을 흘끔 보고는 조심스럽게 지갑을 꺼내 열었다. 미국 생활을 하면서 찍었던 가족사진이 눈에 들어왔다. 낯설게 느껴질 정도로 네 식구 모두 행복한 표정을 짓고 있다. 성수는 그 사진 뒤로 손가락을 넣어 반으로 접힌 낡은 사진 하나를 꺼냈다. 복잡한 표정을 지으며 천천히 사진을 펼쳤다.

똑같이 네 식구의 모습을 담고 있지만 다른 '가족' 사진이었다.

한여름인데도 어린 성철은 긴팔 상의에 긴 바지를 입고 얼굴엔 마스크를 쓰고 있었다. 그런 형을 어머니가 한 팔로 꼭 끌어안고 있었다. 하지만 어린 성수는 무슨 까닭에선지 다른 세 식구와 조금 떨어져 있었고 표정도 밝지 않았다. 모르는 사람이 보면 남의 가족사진에 생각 없이 끼어든 동네 꼬맹이로 여길 법했다.

성수는 사진을 다시 접어 지갑에 넣고 서재를 나왔다. 그러고는 안방으로 돌아가려다가 문득 아이들 생각이 났는지 작은방으로 발길을 돌렸다.

문을 살짝 열어보니 곤히 잠들어있는 두 아이가 보였다.

호세가 몸을 뒤척이더니 이불을 걷어찼다.

성수는 발소리를 죽이고 다가가 이불을 덮어주었다. 잠든 아이들을 한동안 흐뭇하게 바라보다가 조용히 방을 나왔다.

안방으로 돌아온 성수는 아내가 깨지 않도록 조심스럽게 침대에 누웠다. 하지만 좀처럼 잠이 오지 않았다. 양치라도 하면 기분이 나아질까 싶어 다시 침대에서 내려와 욕실로 들어갔다. 칫솔에 치약을 바르고 거울을 보았다. 신경을 너무 쓴 탓인지 눈빛이 퀭했다. 성수는 쓰게 웃으며 고개를 흔들다가 멈칫하며 바닥을 내려다보았다.

바닥에 땟물이 묻어있었다.

이상하다. 결벽증 남편을 둔 덕분에 하루에 몇 번이고 쓸고 닦는 아내였다. 특히 오늘은 전화를 받은 이후로 심기가 불편해진 성수의 눈치를 살피느라 평소보다 더욱 신경 썼던 것 같은데 욕실바닥이 너무 더럽다. 설사 미처 잊고 욕실 청소만 빼먹었다고 하더라도, 욕실바닥이 이렇게 더러워질 이유기 없다. 이 정체불명의 땟물은 또 뭔가. 아무리 생각해봐도 이 집안에서 이렇게 더러운 땟물을 흘릴 '사람'이나, '물건'이 있을 리 없다.

'이건, 설마……'

의아해하며 물끄러미 땟물을 바라보던 성수는 문득 기시감을 느꼈다.

낮에 카페 화장실에서 봤던 것과 너무 비슷하다고 느끼는 순간, 집안 어딘가에서 이상한 소리가 들렸다. 신음하듯 중얼거리는 소리였다.

성수는 등골이 오싹해졌다.

그 이상한 중얼거림은 주방에서 들려왔는데, 주저하는 사이에 점점 명료해졌다.

성수는 욕실에서 나와 조용히 방문을 열었다.

중얼거리는 소리가 더욱 선명하게 들렸다. 귀를 막고 싶을 만큼 섬뜩한 소리였다.

흘끔 돌아보니, 아내는 여전히 죽은 듯이 자고 있었다. 너무 깊이 잠들어서 저 소리를 못 듣는 모양이었다.

성수는 심호흡을 했다. 그러고는 뒤꿈치를 들고 까치발로 걸음을 옮겼다. 아주 천천히, 그리고 조용히 주방으로 향했다. 거실을 지나니 주방에서 새어나오는 불빛이 보였다. 누군가가 냉장고 문을 열어놓은 것이다.

그런데 대체 누가?

성수는 숨을 삼켰다.

긴장한 탓인지 납덩이라도 매달아놓은 것처럼 발이 쉽게 떨어지지 않았다. 가까스로 다리를 끌어당겨 힘겹게 걸음을 옮겼다.

이제 서서히 주방이 보이기 시작했다.

성수는 다시 걸음을 멈췄다.

저절로 멈춘 것이다.

두려움이 올가미처럼 성수의 발을 움켜쥐었다.

성수는 눈을 부릅뜨고 주방을 쳐다보았다.

누군가가 활짝 열린 냉장고 앞에 주저앉아서 깔끔하게 정리해놓았던 물품들을 모조리 끄집어내서 주방을 어지럽히고 있었다.

성수는 뒷모습만 보고도 '불청객'을 금세 알아보았다.

낯에 봤던 그 노숙자였다.

확신할 수 있다.

잊으려도 해도 결코 잊을 수 없는 그가 지금 눈앞에 있었다. 허락도 없이 밀폐용기에 담은 반찬들을 손으로 마구 집어 먹고, 물병을 꺼내 그냥 입에 대고 꿀꺽꿀꺽 마셨다. 그러다가 낯에 봤던 것처럼, 물병의 물을 바닥에 뿌리기도 했다. 음식을 허겁지겁 집어먹다가도 틈만 나면 신음하듯 알 수 없는 소리를 중얼거렸다.

'지금 내 집에서 뭐하는 짓이야!'

성수는 인기척을 내보려고 했지만 목구멍이 뭔가에 막힌 듯 소리를 낼 수가 없었다. 당장 쫓아가서 쫓아내야 마땅한데도 몸이 말을 듣지 않았다. 자기가 집주인이면서도 제대로 주인 행세를 하지 못하고 있었다. 상대가 아무리 험악하더라도 이렇게까지 소심한 성격이 무기력했다.

'어, 여기서, 여기서 나가. 여긴 내 집이야, 내 집! 당신 집이 아니라고. 남의 집에서 지금 이게 무슨 짓이야! 어서, 어서, 내 집에서 나가!'

목소리가 목구멍에서 나오지 않았다.

그때 노숙자가 고개를 돌려 성수를 쳐다보았다.

눈이 마주친 성수는 마른침을 꿀꺽 삼켰다.

노숙자가 천천히 마스크를 벗었다. 얼굴에 두드러기가 가득했다.

성수는 너무 놀라 비명을 삼켰다.

그는, 노숙자는 '성철'의 얼굴을 하고 있었다.

깜짝 놀라 뒷걸음을 치는데 별안간 노숙자가 벌떡 일어나 성수에게 달려왔다. 미처 달아날 새도 없었다.

노숙자는 바로 성수의 앞까지 다가왔다.

"여긴 내 집이야!"

노숙자가 분노에 찬 목소리로 외쳤다.

성수는 두 팔을 휘저으며 비명을 질렀다.

"아악!"

그렇게 다시 눈을 떴을 때는 침실이었다. 너무 놀랐던 모양인지 온몸에서 식은땀이 비 오듯 흘렀다.

'후우, 꿈이었나. 하필 그런 꿈을……'

옆을 보니 아내가 곤히 잠들어있었다. 성수는 아내를 보고 나서야 비로소 안도감을 느끼며 한숨을 내쉬었다.

성수는 숨을 고르며 침대에서 내려왔다.

조심스럽게 거실로 나갔다.

그리고 아주 천천히 주방으로 걸어갔다.

불 꺼진 어두운 주방엔 아무도 없었다.

그냥 꿈을 꾼 것이다.

하지만 너무 생생한 꿈이었다. 아직까지도 몸이 부들부들 떨렸다.

성수는 길게 한숨을 내쉬었다.

'빌어먹을. 백성철, 백성철! 하필 지금이냐, 왜 하필 지금…….'

9

　주말을 맞아, 성수는 가족을 데리고 선산을 찾았다.

　장례를 치르고 거의 처음 찾아온 것 같았다. 외국생활을 하느라 오랫동안 찾지 않았는데도 때마다 벌초를 해줬는지 부모님 묘는 잡초하나 없이 잘 관리되어 있었다. 오랜만에 부모님 묘를 마주하지만 딱히 애틋한 마음이 들진 않았다. 그동안 소홀했던 것에 대한 죄송한 마음도 없었다. 무덤덤하게, 단지 의무감으로 절을 하고 있는데 연락을 받고 친척 형이 왔다. 촌수로 따지면 8촌쯤 되는 사이로 성수보다 다섯 살 많은 형이었다. 수년 간, 성수를 대신해서 벌초도 하고 꼬박꼬박 기일을 챙겨준 주인공이었다. 생전의 성수 부모님을 각별하게 여겼다거나, 오지랖이 넓어서 그런 건 아니었다. 종갓집 장남이라 선산을 맡아서 관리하다보니 주변의 시선도 있고, 어쩔 수 없이 의무감으로 해왔던 것뿐이다. 그렇다보니 알게 모르게 성수에게 불만이 쌓여있었던 것 같다.

　"야, 서울서 바쁜 건 알겠는데 너네도 이제 한국에 왔으니까 적어도 일 년에 한 번 정도는 찾아오고 그래라. 아무리 그래도 너희 부모님 묜데, 네가 관리해야 되지 않겠냐?”

친척 형의 목소리에서 그동안 쌓인 불만과 서운함이 느껴졌다. 성수는 가만히 고개만 주억거렸다. 그것을 일종의 사과로 받아들였는지 친척 형은 성수의 어깨를 가볍게 툭 치며 한결 누그러진 목소리로 말했다.

“그나저나 얼굴 많이 좋아졌네? 역시 미국이 좋긴 좋은가 보다. 이까 보니 차도 좋던걸, 하는 일이 잘되나 보네.”

친척 형이 속물처럼 웃어보였다. 정확히 기억나지 않지만 예전부터 이랬던 것 같았다. 사람을 대하는 기준은 늘 돈 아니면 지위. 하기야 따지고 보면 안 그런 사람이 드물 것이다. 성수는 친척 형을 물끄러미 바라보았다.

“뭐, 그냥.”

성수는 긍정도, 부정도 하지 않았다.

“혹시, 성철이 형, 찾아온 적 없지?”

“성철이 그 새끼가 무슨 염치로 여길 찾아와. 우리 아버지는 아직도 그 새끼 이름만 나오면 집안 망신 다 시키는 놈이라고 있는 욕, 없는 욕, 욕이란 욕은 다 하고 그런다. 갑자기 성철이 이야기는 왜 하는 건데?”

“아니, 그냥…….”

성수는 뭔가 이야기를 꺼내려다가 아내의 시선을 의식하

고 조용히 입을 다물었다. 이곳에 온다고 할 때부터 궁금한 게 많았던 아내였다. 아마 집에 돌아가면 며칠을 시달려야할지도 모른다. 이미 각오했던 일이지만 생각만 해도 머리가 지끈거렸다.

친척 형은 몇 마디 더 이야기를 나누다가 갑자기 급한 용무가 생각났다며 서둘러 떠났다. 성수도 더는 머물러 있을 이유가 없어 가족을 데리고 차로 돌아왔다. 아이들은 오랜만에 바깥바람을 쐬며 뛰어노느라 지쳤는지 차에 올라타자마자 누가 먼저랄 것도 없이 거의 동시에 곯아떨어졌다.

아내는 한동안 말이 없었다. 두 사람 사이에 어색한 침묵이 흘렀다. 성수는 말없이 차를 몰았다. 적어도 먼저 침묵을 깰 생각이 없어보였다. 하지만 아내는 그렇지 않은 모양이었다.

"여보, 성철이 형이란 사람이 누구에요?"

민지는 남편의 눈치를 살피며 몇 번을 망설이다가 한참 만에 입을 열었다.

"여보?"

성수는 아무 대꾸도 하지 않았다.

"정말 이럴 거예요?"

민지는 포기하지 않고 집요하게 물었다. 평소에는 잘 내색하지 않지만 아내는 고집이 무척 센 편이었다.

“내 말 듣고 있어요? 성철이란 사람이 누구냐고 묻잖아요, 지금.”

그때 성수가 갑자기 핸들을 꺾어 유턴하여 반대편 차선으로 차를 돌렸다. 그 바람에 차가 심하게 흔들려 뒷좌석에 잠들었던 아이들이 깨고 말았다. 수아가 놀랐는지 울음을 터뜨렸다. 민지는 황급히 딸을 달래며 토닥여주었다. 하지만 쉽게 울음을 그치지 않았다. 민지도 슬슬 인내심의 한계를 느꼈다.

“갑자기 뭐에요?”

아내가 나무라듯이 다그치자, 성수는 혀를 차며 미간을 찡그렸다. 오늘따라 아내가 수다스럽다고 느껴졌지만 내색하진 않았다.

“당신 진짜 왜 그래요. 오늘 좀 이상한 거 알아요?”

“우리 형이야.”

성수는 간신히 입을 열었다. 하지만 아내는 제대로 듣지 못한 듯했다. 고개를 갸웃하며 성수를 쳐다보았다.

“네? 그게 무슨 소리에요, 갑자기.”

남편의 말에 충격을 받았는지 눈동자가 흔들렸다.

“백성철, 당신이 누구냐고 물은 사람. 우리 형이라고.”

성수는 하고 싶지 않았던 이야기를 꺼낸다는 듯 입술을 깨물며 쥐어짜는 목소리로 내뱉었다.

“당신한테 형이 있었어요?”

민지가 믿을 수 없다는 듯 눈을 크게 뜨며 물었다.

성수는 다시 침묵했다.

10

　성수는 아내에게 양해를 구하고 성철이 살았다는 아파트로 차를 몰았다.

　아내는 자초지종을 듣고 싶은 눈치였지만, 자세한 설명은 따로 하지 않았다. 그러기엔 때와 장소가 적합하지 않았고, 솔직히 내키지도 않았다. 할 수만 있다면 죽는 날까지 함구하고 싶었던 이야기였다. 하지만 아내는 형에 대해서 집요하게 물었다. 결국 백기를 든 건, 성수였다. 계속 침묵으로 일관하면 크게 싸울 것 같아서 마지못해 최소한의 이야기만 해주었다. 아내를 이해시키기엔 턱없이 부족했지만 적어도 침묵으로 이끌어낼 수 있었다. 어쩌면 아내도 더 캐묻다가 감정싸움으로 치달을까봐 자제하고 있는지도 몰랐다.

　성철이 살던 항구 도시에 들어서면서부터 민지는 입을 열지 않았다. 서울과는 너무나 다른 지방 소도시의 살풍경한 분위기가 그녀를 침묵하게 만들었다.

　거리 곳곳에 걸려있는 플랜카드나, 철거를 반대하는 벽보들, 담벼락이며 벽이며 가릴 것 없이 빼곡하게 붉은 글씨로 적은 선동적인 문구들. 거기에 동남아 출신으로 보이는 외국인들이 삼삼오오 몰려다는 모습이나, 흉흉한 눈빛으로 바라보는 부랑자 같은 사내들까지. 시선을 어디에 둬야할지 모를 정도로 너무 두렵고 생경한 모습들뿐이었다. 불안하기는 성수도 마찬가지였다. 마치 뉴욕의 슬럼가를 연상시키는 거리의 모습은 우리나라에도 이런 곳이 있었나 싶을 만큼 낯설었다.

성수는 낄낄거리며 지나다니는 외국인 노동자들과 눈을 마주치지 않으려고 핸들에 두 손을 얹고 몸을 움츠렸다. 그런 모습이 얕잡아보였는지 피부가 검은 외국인 하나가 손가락질을 하며 어설픈 영어로 소리를 질러댔다. 남자답지 못한 성수를 조롱하는 내용이었지만, 굳이 문제를 일으킬 이유가 없다는 생각에 아무 반응도 보이지 않았다. 하지만, 한편으로는 당장 뛰쳐나가 한 대 후려갈기고 싶은 마음도 있었다.

이윽고 낡은 아파트가 눈에 들어왔다. 한눈에 봐도 유행이 지나도 한참 지난 허름한 복도식 아파트라는 것을 알 수 있었다. 성수는 거의 지워져서 희미하게 흔적만 남은 주차라인을 간신히 찾아 차를 세웠다. 그새 잠에서 깬 아이들은 호기심 가득한 눈으로 주변을 둘러보고 있었다. 아내는 여전히 화가 풀리지 않은 듯, 성수의 시선을 외면하고 창밖만 내다

　　　　　　　　　　　　　　　　

보았다. 성수는 아내에게 뭔가를 이야기하려다가 생각을 고
치고 아이들을 바라보며 말했다.

"아빠, 금방 갔다 올게. 엄마랑 차에서 기다리고 있어, 알
았지?"

아이들은 웃으면서 고개를 끄덕였다. 그다지 미덥지 않았
지만 아내도 있으니 별 문제 없을 거라고 여기고 차에서 내
렸다. 차안에 있을 때는 미처 몰랐던 소금기를 머금은 바닷
바람이 성수의 뺨을 때렸다.

성수는 뺨에 묻어나는 이물감을 손으로 훔치며 천천히 걸
음을 옮겼다. 중간, 중간에 흘끔 돌아보면 아이들이 차안에
서 활짝 웃으며 손을 흔들어보였다. 반면에 아내는 성수에게
눈길조차 주지 않았다.

금방 무너질 것 같은 붉은 벽돌담을 지나 현관에 이르자,
남색 제복을 입은 노인이 마중을 나왔다. 며칠 전, 전화를 걸
어 성수를 이곳까지 오게 만든 그 아파트 관리인이었다. 나
이는 예상했던 것처럼 60대 초중반으로 보였고, 뼈만 남아
비쩍 마른 체구에, 주름이 자글자글한 얼굴이라서 그다지 호
감을 주는 인상은 아니었다.

"백성수 씨, 맞지예? 어서 오이소. 기다리고 있었십니더.
찾는 건 어렵지 않았지예. 요새는 내비가 있어서 고마 동네
이름만 요래 찍으면 알아서 길을 갈쳐준다 아입니까. 맞지

예? 근데 저 차가 그 티브이에 나오는 그거 아입니꺼? 머라 카더라. 베엠베? 맞지예?”

노인은 흘끔거리더니 이내 비굴한 웃음을 지어보였다. 성수가 몰고 온 차도 그렇고, 옷차림만 보고 자기보다 부자라고 인식한 모양이었다. 노인은 약자에겐 강하고, 강한 자에겐 약한 전형적인 기회주의자였다. 성수도 대번에 노인의 성품을 알아보고 쓰게 웃었다.

“어딥니까, 형이 살던 집이.”

성수는 퉁명스럽게 물었다. 노인은 알았다는 듯 고개를 끄덕이고는 성수를 아파트 안으로 안내했다.

“이쪽으로 오이소.”

아파트 내부는 밖에서 보는 것보다 훨씬 상태가 나빴다. 많이 허름하고 지저분했다. 성수가 사는 고급 아파트와는 달리 한 층마다 수십 가구가 모여 사는 것 같았다. 복도를 사이에 두고 다닥다닥 붙어있는 문들이 갑갑해 보였다. 집집마다 문틈에 꽂혀있는 각종 고지서며 우편물들도 몹시 눈에 거슬렸다. 복도 바닥은 정체를 알 수 없는 오물들로 더럽혀져 있고, 페인트가 벗겨진 벽면도 온갖 낙서로 가득했다. 그런 바닥에 발을 내딛는 것도 찝찝했고, 단지 시선을 두는 것만으로도 두드러기가 일어나는 기분이었다.

성수는 이런 환경에선 단 일 분도 못 살 것 같았다. 한마디로 최악의 주거환경이었다. 이런 곳에 사는 사람은 어떤 신경의 소유자인지 상상도 할 수 없었다. 가능한 빨리 볼일만 마치고 이곳을 벗어나고 싶었다. 그나마 노인의 시선을 의식해서 불편한 기색을 감추고 걸음을 옮기던 성수는 정면에 나타난 노란색 테이프를 발견하고 흠칫 놀랐다. 사건 현장을 알리는 동시에, 외부인의 출입을 엄격히 통제하는 폴리스 라인이었다. 상태가 무척 낡은 것으로 보아 꽤 오래 전에 설치한 듯했다.

"아이고, 이것을 아직도 안 치웠네."

성수 뒤로 나타난 노인은 대수롭지 않다는 듯 폴리스 라인을 뜯어냈다. 그러면서도 성수를 의식했는지 지나가는 투로 말했다.

"원래 여기엔 노인네 혼자서 살지 않았능교. 처자식도 없고 말년에 혼자 된 모양인데, 평소에도 왕래가 없어가 생각도 못 했는데, 자꾸 민원이 들어왔다 아입니꺼. 그래서 이상해가 와 보니까 아 고마 이 노인네가 죽어서 몇 달이나 지났다 아입니까. 그때 을매나 놀랬는지 아직도 생각하믄 가슴이 벌렁벌렁해가……."

노인은 묻지도 않은 이야기를 혼자서 열을 올리며 주절대다가 성수의 무심한 시선을 느끼고 무안해져서 입을 다물었다.

“형이 살던 집은, 아직 멀었습니까?”

“은제예. 한층 더 올라가믄 됩니다.”

그러면서 노인이 앞장서서 계단을 올라갔다.

성수는 잠자코 노인의 뒤를 따라갔다.

“저짝에 417호, 보입니까. 거가 거라예. 형님이 살던 집.”

노인이 가리킨 현관문은 그 어떤 집의 문보다 낡아보였다. 마찬가지로 문틈에는 우편물들이 가득 꽂혀있었고 바닥에도 수북이 쌓여있었다. 그것만 봐도 오랫동안 집을 비웠다는 걸 알 수 있었다.

“언제부터 여기에 살았습니까, 형은…….”

성수가 조심스레 물었다.

“가만있자, 그게 그러니까 그 양반이 깜방 다녀와가 쭉 살았으니, 한 2년은 넘었을라나. 아, 형이 큰집에 있었던 알고 있었지요?”

노인의 물음에 성수는 침묵으로 답했다. 그다지 알고 싶지 않은 형의 과거였고 알았다고 하더라도 그냥 무시했을 것이다. 지금도 이곳까지 찾아온 이유를 자문해본다면 형제간의 우애 때문이 아니라 노인이 계속 귀찮게 할 것 같아서였다. 거기에 조금 보태자면 약간의 의무감 정도. 그 이상은 결코 아니었다.

“417호, 417호…….”

노인은 콧노래를 하듯 흥얼거리며 열쇠꾸러미에서 맞는 열쇠를 찾았다. 한참 만에 찾은 열쇠를 구멍에 꽂고 손잡이를 돌렸지만 녹이라도 슬었는지 좀처럼 문이 열리지 않았다. 노인은 낑낑거리며 문을 잡아당기다가 도움을 청한다는 눈빛으로 성수를 바라보았다. 하지만 성수는 녹슨 문에는 손도 대고 싶지 않다는 듯 멀찌감치 떨어져서 노인이 문을 열기만을 기다렸다. 노인은 가볍게 혀를 차고는 다시 문에 매달렸다.

"혹시, 형한테 무슨 일이 생긴 건 아니겠죠?"

성수가 물었다.

노인은 문을 열다말고 성수를 흘끔 쳐다보았다.

"뭐, 별일이야 있겠습니꺼. 이 동네가 원체 이런 일이 부지기수이라예. 아무래도 항구 근처다 보니까 쪼매 동네가 험하기도 하고……."

성수는 눈을 돌려 복도바닥을 굴러다니는 빈 술병들을 쳐다보았다. 왠지 모르게 그중 절반은 성철이 마시고 버린 것처럼 느껴졌다.

"……여기서 잠깐 머물다가 중국이나 일본으로 그냥 내빼는 인간들도 많아요. 보증금도 월세만 받는 방도 많으니까 처지가 쪼매 그런 종자들도 많고. 뭐 또 어차피 여기도 조만간 철거되면 나가야하니까 집세도 밀렸겠다 수 틀리믄 그냥 내뺀다 아입니꺼. 으잇차!”

마침내 문을 여는 데 성공한 노인은 뿌듯한 얼굴로 성수를 쳐다보았다.

“그럼 내는 밖에 있을 테니 필요한 게 있으믄 연락하소. 뭐, 담뱃값 정도 챙겨주믄 더 고맙고…….”

성수가 지갑에서 오만 원짜리 지폐 한 장을 꺼내 건네자, 노인은 히죽 웃으며 냉큼 두 손으로 돈을 받아 챙겼다.

성수는 가볍게 고개를 숙여보이고는 안으로 들어가려다가 문득 초인종 밑에 조그맣게 조악한 필체로 ‘ㅁ1’이라고 휘갈겨 쓴 걸 발견했다. 어디선가 본 듯 눈에 익은 표식이었는데 기억이 분명하지 않았다. 이내 성수는 쓸데없는 것에 신경 쓸 때가 아니라고 스스로를 다그치고는 천천히 안으로 들어갔다. 현관을 지나자마자 코를 찌르는 악취가 성수를 괴롭혔다. 성수는 인상을 찌푸리며 손수건을 꺼내 코와 입을 막았다.

집안은 엉망으로 어지럽혀져 있었다. 오히려 바깥의 복도가 더 깨끗하게 느껴질 정도였다. 아무렇게나 굴러다니는 술병들이며, 곰팡이가 핀 음식물 쓰레기, 한쪽 구석엔 아직 개봉도 하지 않은 컵라면 박스들이 잔뜩 쌓여있었고, 싱크대에는 오랫동안 설거지를 하지 않고 방치된 그릇들로 수북했다.

‘이게 사람 사는 집이 맞나…….’

성수는 생각 없이 발을 내딛다가 물컹거리는 감촉에 까무 러치게 놀랐다. 바퀴벌레를 밟은 모양이었다. 발을 떼자 납 작하게 뭉개진 벌레의 사체가 체액을 분비하고 있었다. 동시 에, 수건인지 걸레인지 모를 천 조각 위에서 새카맣게 바글 거리던 온갖 벌레들이 갑작스러운 불청객의 등장에 놀랐는 지 사사사삭 소리를 내며 순식간에 사방으로 흩어졌다.

"이런, 씨발."

성수는 비명을 삼키며 구두를 신경질적으로 바닥에 문질 렀다. 현기증이 일면서 구역질이 날 것만 같았다.

"무슨 일 있능교?"

밖에서 노인이 걱정스럽게 묻는다. 오만 원의 위력은 대단 했다. 만약에 몇 장을 더 얹어줬더라면 쓸개라도 내줄 판이 었다. 노인에 대한 혐오가 성수에게 기운을 되찾아주었다.

"아무것도 아닙니다."

성수는 마음을 추스르고 화장실 문을 열어보았다. 지저분 하기는 화장실도 마찬가지였다. 세면대와 바닥에는 머리카 락들이 엉켜있었고, 정체를 알 수 없는 오물 자국들로 가득 했다. 성수는 한숨을 내쉬며 칫솔걸이로 시선을 옮겼다.

칫솔이 두 개다. 거기다가 둘 중 비교적 상태가 양호한 것 은 아무래도 여자용으로 보인다. 세면대 수도꼭지 옆에는 여 성용 헤어린스까지 있다. 수납장을 열어보았다. 한쪽 구석에 여성용 청결제가 있었다. 그런데 용기 상태가 깨끗한 걸 보면 최근에 가져다 놓은 듯했다. 뭔가 이상하다. 혹시, 동거하는 여자라도 있었던 걸까?

"혹시, 형이랑 다른 사람이랑 함께 살았습니까?"

성수는 고개를 내밀어, 복도에서 대기하고 있는 노인에게 물었다. 담배를 피우고 있던 노인은 무슨 큰 실례라도 되는 양, 황급히 담배를 구둣발로 비벼 끄더니 옷매무새까지 고쳤다.

"은제요. 그런 적 없십니더. 계약도 혼자였고, 근데 와예? 뭐가 이상합니꺼?"

"여길 보니까 동거인이 있었던 거 같아서요. 이게, 남자가 쓰는 물건은 아니거든요. 칫솔도 그렇고⋯⋯."

"동거라꼬요? 그럴 리가 없는데⋯⋯."

노인은 고개를 갸웃하며 중얼거렸다.

성수는 다시 방으로 가서 옷장을 열어보았다. 대충 개어놓은 셔츠들 사이에 여자 속옷이 보였다. 그것도 여러 장이다. 성수는 속옷 한 장을 꺼내 보이더니 이래도 아니냐는 듯 추궁하는 눈빛으로 노인을 쳐다보았다.

노인은 쭈뼛거리며 성수의 시선을 외면했다.

11

"그러니까 엄마가 들어봐도 기가 막히지? 아니, 결혼하고 산 게 몇 년인데 어떻게 나한테 이럴 수 있지?"

아이들과 함께 차에 남아서 남편을 기다리는 동안, 민지는 미국에 사는 친정 엄마에게 전화를 걸어 하소연을 하고 있었다.

"그래, 글쎄 그렇다니까. 내가 정말 기가 막혀서……."

아빠도 돌아오지 않고, 엄마도 외할머니와 통화하느라 정신이 팔려 자기들에게 전혀 신경을 써주지 않자 슬슬 아이들도 불만이 쌓이기 시작했다. 특히 한창 뛰어놀 나이인 호세는 무료함을 동생을 상대로 풀기 시작했다. 수아에게 괜한 시비를 걸더니 그것만으로도 성이 차지 않자 발로 앞좌석 등받이를 걷어찼다.

"엄마, 심심해. 아직도 멀었어? 엄마, 엄마!"

"아니, 숨길 걸 숨겨야지. 그것도 무슨 사촌형도 아니고 말이야."

　민지는 잠시 통화를 멈추고 고개를 돌려 호세를 사납게 노려보았다. 엄마의 서슬에 눌린 호세는 발길질을 멈추었다.
　"백호세, 엄마 지금 외할머니랑 통화 중이잖아. 얌전히 좀 있어, 알겠니?"
　민지는 아들을 조용히 타일렀다.
　호세는 마지못해 고개만 끄덕였다.
　"응? 그래! 자기 친형이라잖아. 친형! 엄마, 나 어떡하지? 진짜 지금 어떻게 해야 할지 모르겠어. 정말 미치겠다니까……."
　민지는 다시 한 번 눈짓으로 호세에게 주의를 주고는 다시 통화를 이었다.
　잠시 얌전하게 구나 싶더니 호세는 다시 좀이 쑤시다는 듯 몸을 뒤척거리다가 뭔가를 발견했는지 민지를 잡아당기며 고개를 뒤로 돌렸다.
　"엄마, 나 저기서 놀면 안 돼?"
　호세가 물었다.
　"백호세! 엄마 지금 통화중이라고 몇 번을 말 해! 너, 정말 이럴 거야?"
　"나, 저기 오락기~ 응, 엄마?"
　"어? 나도! 나도!"
　수아까지 덩달아 떼를 쓰기 시작했다.

"엄마, 내가 다시 걸게."

민지는 전화를 끊고 룸미러를 힐끔 보았다.

허름한 문방구가 보였는데 영업을 하지 않는지 셔터가 내려져 있었다. 가게 앞에는 작은 오락기 몇 대와 인형 뽑기 기계가 있었다. 수아 또래로 보이는 여자아이가 젊은 여성이랑 함께 기계에 매달려 인형을 뽑고 있었다. 민지는 잠시 망설이며 아이와 같이 여자를 물끄러미 바라보았다. 차림새를 보아 근처에 사는 주민 같았다. 딱히 수상한 기미는 보이지 않았다. 아이를 대하는 태도나 표정을 보니 아이 엄마인 모양이었다. 차에서 조금 떨어진 게 마음에 걸렸지만 잘 지켜보기만 하면 큰 문제는 없을 듯싶었다. 친정 엄마랑 아직 할 이야기도 남아있었다. 어차피 지금은 통화를 하면서 아이들까지 상대할 만큼 정신적인 여유는 없었다.

그래, 잠깐 정도는 괜찮겠지. 고개만 돌리면 바로 보이는 곳이니까, 딱히 문제는 없을 거야. 마음을 굳힌 민지는 아이들에게 고개를 끄덕여보였다. 호세의 얼굴에 금세 화색이 돌았다. 수아는 뭔지도 모르면서 덩달아 환히 웃으며 좋아했다.

"알았어. 가서 놀다 와. 하지만 딴 데 가면 안 된다? 엄마가 보는 앞에서만 놀아야 해."

민지는 여전히 마음이 놓이지 않아 확실하게 다짐을 받았다.

“응!”

호세가 씩씩하게 대답했다.

“수아, 꼭 잘 챙기고.”

“알았어!”

호세는 귀찮다는 듯 건성으로 대답하더니 차에서 뛰어내렸다. 수아도 오빠를 따라 차 밖으로 나갔다.

“오빠, 같이 가!”

“빨리 와.”

민지는 막상 허락을 했어도 마음을 놓을 수 없는지 함께 내려서 잠시 아이들을 지켜보았다. 두 남매는 해방감을 만끽하며 신나게 달려갔다.

“백수아, 오빠 손 붙잡고 가! 백호세, 엄마가 동생 챙기라고 했지?”

민지가 소리치자, 두 남매는 잠시 멈추더니 사이좋게 손을 잡고는 다시 뛰기 시작했다.

“내가 낳은 애들이지만, 정말…….”

민지는 정말 못 말리겠다는 듯 고개를 저었다. 이윽고 문방구까지 달려간 아이들은 오락기에 정신없이 빠져들었다. 민지는 조금 더 지켜보다가 다시 전화를 걸며 차에 올라탔다.

“여보세요? 응, 애들이 밖에서 놀고 싶다고 해서. 지금, 어디냐고? 아, 몇 번을 말해. 그 형네 와 있다니까. 그래, 내 말이!"

민지는 답답하다는 듯 소리를 버럭 질렀다.

그때 저만치에서 구부정하게 서서 이쪽을 쳐다보고 있는 한 사내가 민지의 시야에 들어왔다. 소형 중고 트럭 옆에 서 있었는데, 나이는 40대 중반쯤에 모자를 쓰고 낡은 야전상의에 물 빠진 청바지차림이었다. 사내는 평소 잘 씻지 않는지 멀리서 봐도 꾀죄죄한 몰골에, 애들도 아니면서 커다란 막대사탕을 물고 있었다. 민지와 눈이 마주치자, 사내는 넉살 좋게 히죽히죽 웃으면서 허리를 굽혀 인사를 하고는 차를 가리키며 몇 번이고 엄지손가락을 세워보였다. 아마도 인근에선 볼 수 없는 외제차라서 그런지 무척 부러운 모양이었다. 어딘가 한참 모자란 사람처럼 보였다.

'뭐야, 저 사람은……'

민지는 불쾌하다는 듯 창문을 닫고 시선을 돌렸다.

"근데 그 형이란 사람이 집에서 꽤나 문제아였나 봐. 고등학교 때 가출해서는 연락 한 번 없었대. 그렇다니까……"

남편에 대한 친정 엄마의 신뢰는 생각보다 두터웠다. 말을 나눌수록 은근히 남편을 두둔하는 친정 엄마의 태도에 민지는 짜증을 느꼈다.

"엄마는, 내가 그 속을 어떻게 알아. 언제는 나한테 다 이

야기를 해준 줄 알아. 내가 이야길 하지 않아서 그렇지. 정
말……."

친정엄마를 상대로 한참동안 넋두리를 하던 민지는 문득
지저분한 중년 사내가 있던 쪽으로 고개를 돌렸다. 언제 사
라졌는지 사내의 모습이 보이지 않았다. 신경이 쓰였는데 다
행이라고 여기며 이번에는 문방구 쪽으로 고개를 돌렸다.

"잠깐만, 엄마. 다시 전화할게. 일단 빨리 끊어!"

민지는 신경질적으로 전화를 끊고 급히 차에서 내렸다.

아이들이 보이지 않았다. 오락기 앞에는 아까부터 줄곧 자
리를 지켰던 여자아이만 있었다. 당황해서 주변을 두리번거
렸지만 어디에서도 아이들의 모습을 찾을 수가 없었다. 민지
는 덜컥 겁이 났다.

"호세야, 수아야!"

민지는 아이들을 부르며 문방구로 달려갔다.

오락기에 정신을 팔던 여자아이가 인기척을 느끼고 고개
를 돌렸다. 아이는 눈병이라고 났는지 한쪽에 안대를 하고
있었다. 선천적으로 아토피가 있는지 피부도 깨끗하지 않았
다. 팔뚝이랑 뺨이 울긋불긋했다.

"저기, 얘. 여기 있던 애들 어디로 갔니? 방금 전까지 여기
서 오락하던 아이들 말이야. 사내애는 키가 이만하고, 여자
애는 너랑 비슷한……."

갑자기 여자애가 겁먹은 표정을 짓더니 벌떡 일어나 뒷걸음질을 쳤다.

"아줌마, 이상한 사람 아니야."

민지는 아이만큼 당황했다. 웃으면서 이야기를 한다는 게 아이들을 걱정한 나머지 자기도 모르게 표정이 일그러져 있었다. 말투도 상냥하지 않고 다그치는 것 같아서 아이에겐 위협으로 느껴진 모양이었다. 아이는 울먹거리며 주춤주춤 뒤로 물러섰다.

"평화야!"

순간 젊은 여자가 아이를 부르며 다급하게 달려왔다. 아까까지 아이랑 같이 있던 여자였다. 여자는 민지에게 경계심을 내비치며 아이를 꼭 끌어안았다.

"저기, 저는 그냥……."

민지는 말을 제대로 잇지 못했다. 여자는 민지에게 시선조차 주지 않았다. 그냥 이대로 사라져주었으면 하는 눈치였다. 같은 아이를 키우는 입장이라 민지도 여자의 태도를 이해할 수 있었다. 괜한 오해를 사지 않으려면 자리를 피해주는 게 맞겠지만 아이들을 찾기 위해서라도 그럴 수는 없었다. 다시 말을 건네기 전에 심호흡부터 했다. 급할수록 돌아가라고 했다. 민지는 마음을 다스리고 차분한 목소리로 말했다.

“죄송해요. 놀라게 할 생각은 없었어요. 정말 미안해요. 그게, 우리 애들이 없어져서요. 방금 전까지 여기서 놀고 있었거든요. 혹시 아이들을 보지 못하셨나요? 두 명이에요. 사내애랑 여자앤데…….”

여자는 여전히 아무 대꾸도 하지 않았다.

“저기요?”

무엇 때문인지 여자는 잔뜩 겁에 질려있었다. 아예 민지를 쳐다보지도 않고 아이를 끌어안은 채 벌벌 떨기만 했다.

“…….”

민지는 한숨을 쉬었다. 여자를 붙들고 물어보느니 직접 찾아다니는 편이 나을 것 같았다. 민지는 자그맣게 미안하다고 사과하고 아이들을 찾아 나섰다.

그때서야 여자는 고개를 들더니 아이들을 부르며 멀어져가는 민지의 뒷모습을 물끄러미 바라보았다.

12

성철의 집에서 나온 성수는 형에 대해서 물어보려고 이웃들을 방문했다. 그런데 빈집이 꽤 많았다. 노인이 관리실로 돌아간 후라서 직접 발품을 팔아야했다. 계속해서 빈집만 걸리자, 조금 더 붙잡아뒀어야 했나 하는 후회가 들었다. 그러다가 한참 만에 간신히 사람이 있는 집을 찾았다. 초인종을 눌렀더니 고장 났는지 아무 소리도 나지 않아 주먹을 쥐고 가볍게 두드리니 안에서 인기척이 들렸다.

"계십니까? 말씀 좀 물을게요. 계세요?"

몇 번을 더 두드리고 나서야 현관문이 살짝 열렸다. 그러자 집안에서 아이들이 떠드는 소리가 들리더니, 한쪽 눈이 시퍼렇게 멍든 젊은 여자가 갓난아기를 등에 업고 조심스럽게 나왔다. 성수를 흘끔흘끔 훑는 여자의 시선에서 낯선 사람에 대한 두려움이 느껴졌다.

"누구시래요?"

억양으로 보아 조선족인 모양이었다.

“뭐 좀 여쭐게요. 저기 417호 아시죠?”

“어디요? 417호요?”

“네.”

“저 집이 뭐 어떻다고요?”

여자가 되물었다.

“아, 저 집에 사는 남자요. 혹시 아시나 해서요.”

성수는 정중히 물었다.

“나는 잘 몰라요. 아는 게 없어요.”

“저기 417호에 살던 남자, 모르세요?”

그때였다. 안에서 거친 남자의 음성이 들려왔다.

“야, 간나야. 빨리 안 들어오고 뭐하는데.”

여자는 흠칫 놀라며 목을 움츠렸다.

“난 몰라요. 아무것도 몰라요. 그냥 가세요.”

“잠시만이요, 아주머니…….”

말을 채 잇기도 전에 여자가 문들 닫고 들어가 버렸다. 안에서 고함소리와 함께 물건이 부서지는 소리가 들렸다. 방금 들어간 여자가 비명을 지르며 잘못했다고 용서를 빌었다. 남자의 고함소리가 더욱 커졌다. 아이들이 울음을 터뜨렸다.

성수는 문을 두드리려다가 생각을 바꾸고 천천히 물러섰다. 초인종 밑에서 빨간색 낙서를 발견했다. 방금 전까진 다른 걸 신경 쓰느라 미처 보지 못했던 모양이다.

‘□1, ○1, △3’

형의 집에서 발견했던 낙서랑 비슷한 표식이었다. 같은 사람이 썼는지 휘갈겨 쓴 필체도 똑같았다. 낙서가 의미하는 게 무엇인진 모르지만 분명히 일정한 양식이 있는 듯했다. 의아해하며 성수는 다른 집을 찾아갔다.

‘분명히, 어떤 규칙이 있는 것 같은데……’

복도를 지나 처음 나오는 집은 다행스럽게도 현관문이 열려있었다. 성수는 문을 두드리지 않아도 되겠다 싶어 좋아했다가 안을 들여다보고는 이내 실망하고 말았다. 동남아 사람으로 보이는 네 남자가 대낮부터 술판을 벌이고 있었다. 말도 통하지 않겠지만 설령 그렇다고 하더라도 술 냄새를 풀풀 풍기는 상대랑 말을 섞고 싶진 않았다. 성수는 서둘러 그 앞을 지나갔다. 그러다가 조금 전의 일이 생각나서 흘끔 초인종을 쳐다보았다. 이번에도 빨간색으로 쓴 ‘□4’라는 표식이 있었다.

‘표식은 □4이고, 집에 사는 사람도 네 명의 남자. 우연일까?’

이때부터 성수는 문을 두드리기 전에, 의식적으로 초인종 아래부터 확인했다. 표식이 없는 집도 있었지만 거의 대부분의 집에 표식이 있었다. 막연한 추측이지만 표식이 없는 집은 사람이 살지 않는 빈집인 것 같았다.

"아빠 지금 집에 안 계신데요. 그리고 모르는 사람한테 열어주지 말랬어요."

호세 또래로 보이는 남자아이가 문을 완전히 열지 않고 문틈으로 쳐다보며 또박또박 말했다. 성수는 알겠다며 고개를 끄덕이면서 초인종 밑을 확인했다. 역시, 표식이 있었다. 이 집엔 'ㅁ1 △1'이라고 적혀있었다.

"저기 말이야. 혹시, 엄마는 안 계시니?"

성수가 조심스럽게 물었다. 아이는 바로 대답을 못하고 잠시 망설이더니 우물쭈물하며 겨우 입을 열었다.

"엄마는, 울 엄마는 몇 년 전에 돌아가셨어요. 근데 그런 건 왜 자꾸 물으시는데요?"

아이가 영문을 모르겠다며 고개를 갸웃했다.

성수는 아이에게 미안하다고 사과했다. 아이는 잠시 성수를 물끄러미 쳐다보다가 문을 닫고 집으로 들어갔다.

성수는 가만히 서서 왔던 방향으로 고개를 돌렸다. 그러고는 복기를 해보았다.

'407호 남자 한 명과 여자 한 명, 415호는 부부와 아이들 셋, 409호는 할머니 혼자였고, 420호는 아빠랑 단 둘…….'

성수는 뭔가 확인하려는 듯 다시 성철의 집으로 달려갔다.

급히 초인종 아래를 확인했다.

표식이 조금 달랐다.

자그맣게 '口1'라고 쓴 글씨 옆에 희미하게 숫자 없이 'V'
라는 표시만 있었다.
'이건 무슨 표시지?'

13

"호세야, 수아야! 백호세! 백수아!"

아무리 찾아봐도 아이들의 모습이 보이지 않았다. 머릿속이 새하얘졌다. 이제 민지는 무서워지기 시작했다. 자기가 부주의해서 아이들을 잃어버린 것이라 남편에게 전화할 엄두도 나지 않았다. 정말이지, 어떻게 하면 좋을지 몰랐다. 울고 싶은 심정이었다.

"저, 저……"

절망과 두려움 속에서 힘없이 차로 돌아온 민지는 너무 어처구니없는 광경을 보고 말문이 막혀버렸다.

어딘가 모자라 보였던 그 중년 사내가 버젓하게 남의 차 운전석에 앉아서 핸들을 잡고 운전하는 시늉을 하고 있었다. 게다가 잃어버린 줄 알았던 아이들이 뒷좌석에 앉아서 뭐가 좋은지 깔깔거리며 장난치고 있었다.

문득 사내가 뒤를 돌아보더니 더러운 손으로 아이들을 쓰다듬었다.

민지는 소스라치게 놀라며 차로 뛰어갔다.

"안 돼! 호세야, 수아야!"

한걸음에 차로 달려간 민지는 문을 잡아당겼지만 안에서 잠갔는지 열리지 않았다. 키가 있으면 문제될 게 없지만, 불행히도 이건 남편 차였다. 어차피 민지도 따로 운전하는 차가 있어서 보조키도 모두 남편이 가지고 있었다.

"지금 뭐하는 거야! 당장 이 문 열지 못 해!"

민지는 차창을 두드리며 소리를 질렀다. 그때서야 사내가 흘끔 쳐다보더니 태연하게 창문을 내렸다.

"빨리 내려, 내리라고!"

사내는 히죽 웃더니 꾸벅 인사를 하고 엄지손가락을 세웠다. 말귀를 못 알아듣는 모양이었다. 모자라도 한참 모자란 사람처럼 보였다.

"야! 문 열어, 빨리!"

순간 사내가 눈을 부릅뜨고 민지를 노려보았다.

깜짝 놀란 민지는 문에서 떨어지며 뒤로 물러섰다.

"나와!"

그때 누군가가 소리를 지르며 달려왔다. 오락기 앞에 있던 여자애의 엄마였다. 무시무시한 기세로 달려온 여자는 사내를 사납게 노려보았다.

"당장 거기서 나오라고!"

사내는 눈을 끔뻑거리면서 시선을 피했지만 여전히 차에서 내리지 않았다. 그러자 여자는 어디서 났는지 가방에서 전기충격기를 꺼내들었다.

"빨리 안 나오니?"

여자가 전기충격기를 들이밀며 소리를 지르자, 비로소 남자는 정색을 하며 다급하게 차에서 나왔다.

"당장, 꺼져!"

사내는 다리가 불편한지 절룩거리며 항구 쪽으로 달아났다.

여자는 사내가 벌써 저만큼이나 멀어졌는데도 전기충격기를 내려놓지 않고 계속 사내를 주시했다. 전기충격기를 쥔 손이 심하게 부들부들 떨렸다.

"무슨 일이야!"

성수가 돌아왔다. 분위기가 이상하다고 여겼는지 소리를 지르며 달려왔다. 모자 쓴 사내는 보지 못한 것 같았다.

"뭐야, 무슨 일 있었어?"

민지는 원망스러운 눈빛으로 남편을 쳐다보았다. 차안에서는 아이들이 아빠를 보고 환하게 웃으며 손을 흔들었다.

"왜 그래?"

성수가 물었다.

그때 여자가 다리에 힘이 빠졌는지 털썩 주저앉았다. 전기

충격기는 여전히 두 손으로 쥐고 있었다.

"저기, 괜찮으세요?"

성수는 전기충격기를 의식하며 조심스럽게 물었다.

"못 살아. 진짜 여기선 못 살겠어. 이젠 지긋지긋해. 정말 지긋지긋……."

여자는 성수의 말이 들리지 않는지 멍한 시선으로 바닥만 쳐다보며 계속 중얼거렸다. 성수는 고개를 들어 설명을 바란다는 눈빛으로 아내를 쳐다보았다. 하지만 민지는 팔짱을 끼고 말없이 남편과 여자를 번갈아보기만 했다.

"못 살아. 진짜 여기선 못 살겠어. 이제……."

14

민지는 불안한 눈초리로 여자의 뒷모습을

이름이 주희라고 했던가. 정말 이상한 여자다. 물어보지도 않은 이름을 밝히는 것도 그렇고, 도무지 종잡을 수 없는 여자였다. 언제는 자신을 유괴범 취급하며 경계하더니 지금은 또 집으로 초대하고 있다. 괜찮다고 했는데도 막무가내였다.

'이건 정말 아닌데……'

민지는 낯선 사람의 친절에 익숙하지 않았다. 입장을 바꿔서 만약 자신이라면 절대로 처음 보는 사람을 집으로 초대하지 않을 것이다. 두려움은 늘 무지에서 비롯하는 법이다. 상대를 전혀 알지 못하는데 어떻게 집에 들일 수 있는가. 그것도 한 사람도 아니고 일가족을. 민지의 사고방식으로는 도저히 이해할 수 없었다.

'저 사람, 오늘따라 이상해.'

평소랑 다르게 여자의 호의를 받아들인 남편도 이해가 가지 않았다. 그것만이 아니라 오늘 하루 동안 남편이 보여준

모습은 하나에서 열까지 전부 이해할 수 없었다. 완전히 낯설어서 전혀 다른 사람을 보고 있는 기분이었다. 마음 같아서는 남편만 보내고 자기는 아이들과 함께 차에서 기다리고 싶었지만 아까 그 모자 쓴 사내를 생각하면 그것도 불안하긴 마찬가지였다. 결국 이러지도 저러지도 못하고 마지못해 따라왔지만 여전히 마음은 불편했다.

"안 돼."

호세가 손으로 벽을 만지려고 하자, 민지는 혀를 차며 아들을 잡아끌었다. 호세는 항의하듯 못마땅한 얼굴로 엄마를 쳐다보았다.

"더럽잖아. 씻을 데도 마땅치 않은데."

민지는 여자에게 들릴까봐 나직하게 주의를 주었다. 한국 사회에서 '솔직함'이란 때로 실례가 되기도 한다는 것을 지난 반년 간 충분히 겪어서 너무 잘 알고 있었다.

"알았어."

호세가 고개를 끄덕였다.

"그래. 착하네, 우리 아들."

민지는 아들의 머리를 쓰다듬어주고는 주위를 흘끔흘끔 쳐다보았다.

그녀도, 성수가 받았던 느낌과 똑같았다. 과연 이런 데서 사람이 살 수나 있을까. 단지 더럽다는 표현으로는 턱없이 부족하다. 끔찍한 악몽에나 나올 법했다. 정말이지 시선을 어디에 둬야할지 몰랐다. 여느 때 같으면 이런 허름한 아파트에 절대로 발을 들이지 않았을 것이다. 결벽증인 남편만큼은 아니지만 민지도 청결을 무척 따지는 성격이었다. 복도는 전혀 관리가 되지 않아 거의 쓰레기장이나 다름없고 구석구석에는 거미줄이 커튼처럼 흉측하게 늘어져 있었다. 벽면을 빽빽하게 채운 낙서들도 눈에 거슬렸는데 여자의 나체나 성행위를 적나라하게 표현한 외설적인 낙서까지 있어서 번번이 아이들의 눈을 가려야했다.

그렇게 불만이 계속 쌓여가는 가운데, 얼마나 더 가야하는지 궁금해서 물어보려는데 그런 민지의 생각을 읽기라도 하듯 갑자기 여자가 걸음을 멈추고 고개를 돌렸다. 집에 다 온 모양이었다. 어색하게 웃어 보이더니 가방에서 주섬주섬 열쇠를 꺼냈다.

"내가 열쇠를 어디에 뒀더라. 이상하네, 여기에 있어야 하는데……."

성수가 흘끔 아내를 쳐다보았다. 민지는 이때다 싶어 눈짓으로 남편에게 돌아가자는 사인을 보냈다.

"저기……."

성수가 조심스럽게 입을 열었다.

여자는 문을 여는 데 정신 팔려서 듣지 못한 것 같았다. 다소 긴장한 듯 떨리는 손으로 열쇠구멍에 열쇠를 넣었다.

"아깐 깜짝 놀라셨죠? 이 동네가 좀 이래요. 불안해서 애 혼자 밖에 놔두질 못 한다니까요. 정말이지 빨리 여길 벗어 나든가 해야지……."

민지는 갑자기 밝은 척하며 환하게 웃는 여자가 더욱더 이상하게 보였다. 역시 이런 여자가 사는 집은 내키지 않는다. 민지는 다시 남편에게 사인을 보냈다. 지금이라도 늦지 않았으니까 그냥 돌아가자고.

"정말 감사합니다만, 이렇게까지 안 하셔도……."

성수는 자신 없게 말끝을 흐렸다.

"아니에요. 아까 일로 정말 죄송해서 그래요. 과일이라도 드시고 가세요. 이 동네엔 얘기할 만한 이웃도 없거든요."

여자가 생글생글 웃더니 이제야 봤다는 듯 민지의 옷에 눈길을 주었다. 오해받기 쉬운 눈빛이었다. 너무 노골적이어서 불편할 정도였다.

"어머나, 옷이 정말 예뻐요. 이런 옷은 어디서 파는 거예요?"

민지는 일부러 대꾸하지 않았다. 성수가 그러지 말라며 눈치를 주었지만 외면했다. 그사이에 겨우 문을 여는 데 성공한 여자가 안으로 급히 들어가더니 탈취제를 뿌렸다. 싸구려 향수 같은 냄새가 나자, 성수는 반사적으로 얼굴을 찌푸렸다.

“들어오세요.”

두 내외는 문 앞에 서서 잠시 망설였다. 마치 서로 먼저 들어가라고 실랑이를 벌이는 것 같았다. 여자의 시선을 의식한 성수가 낮게 헛기침을 하며 민지에게 무언의 압력을 넣었다. 민지는 한숨을 내쉬며 아이들의 손을 이끌고 현관으로 들어갔다. 성수도 뒤따라 들어가다가 흘끔 초인종 아래를 보았다.

‘ㅁ1 ㅇ1 △1’

어김없이 표식이 있었다.

‘남자와 여자, 그리고 아이 하나.’

성수는 표식을 보며 이 집에 사는 가족구성원을 추측해보았다. 그러다가 표식의 아래쪽에 자그맣게 표시한 ‘∨’를 발견하고 흠칫 놀랐다. 형의 집에서 발견한 것과 같았다. 우연의 일치일 수도 있지만 한편으로는 서로 어떤 연관성이 있을지도 모른다는 생각도 들었다. 골똘히 생각에 잠겼던 성수는 따가운 시선을 느끼고 고개를 들었다. 아내가 아이들을 데리고 신발장 앞에 서서 성수를 째려보고 있었다.

“어서 들어오세요.”

“예, 그럼 실례하겠습니다.”

성수는 아내의 등을 떠밀며 방으로 들어갔다.

“좀 지저분하죠? 그래도 우리 집이 이 아파트에서는 가장 넓은 편이에요."

여자가 그렇게 말하고는 수줍게 웃었다. 다소 치기어린 자랑처럼 들렸지만, 틀린 말은 아니었다.

성철의 아파트와 구조는 비슷했지만 확실히 훨씬 널찍하고 쾌적해보였다. 무엇보다 성수의 눈길을 끄는 것은 조금은 지나치다싶을 정도로 정리정돈이 잘되었다는 것이다. 싱크대의 그릇이나 주방도구들이 마치 자로 잰 듯 정렬된 것도 그렇고, 하다못해 액자 하나도 반듯하게 놓여있었다. 슬쩍 방바닥을 쓸어보니 먼지하나 묻어나지 않았다. 수시로 쓸고 닦지 않으면 불가능한 일이었다. 성수는 눈앞의 여자가 새삼 달리 보였다.

"편히 앉아계세요."

여자가 소파를 권했다. 재활용품 매장에서 가져와 리폼을 한 것 같았다.

"아, 예."

성수 내외는 잠시 주저하다가 엉거주춤 소파에 앉았다. 특히 민지는 잘 알지도 못하는 사람의 집에 와있다는 사실이 영 불편한 모양이었다. 표정이 좀처럼 밝아지지 않았다. 반면에 두 아이는 엄마랑 달리 마냥 신기한 듯 방 안을 둘러보기 바빴다.

"커피, 괜찮으시죠?"

여자가 부엌으로 향하며 물었다. 딱히 대답을 바라는 것
같진 않았다. 그녀는 외투를 벗고 식탁 위에 있던 두꺼운 솜
옷을 걸쳤다.

"여기 집 두 개를 하나로 연결했거든요. 전망도 좋고요. 저
희도 옆에 좁은 집서 살다가 최근에 이 방으로 이사 왔어요.
거긴 사람 살 데가 안돼요. 살 데가."

여자는 묻지도 않은 이야기를 주절주절 잘도 늘어놓았다.
정말로 말벗이 필요했던 것인지 아니면 원래 성격이 그런 건
지, 냉장고를 열어 과일을 꺼내고 음료수를 준비하면서 입으
로는 계속 떠들어댔다.

민지는 정말 속을 알 수 없는 여자라고 생각했다. 저렇게
말 많은 사람이 아까는 왜 아무리 말을 걸어도 대꾸 한 마디
없었는지 이해할 수 없었다. 그렇다고 이해하고 싶지도 않았
다. 단지 여기를 빨리 벗어나고픈 마음뿐이었다.

그때 희미하게 말소리가 들렸다. 수아가 그 소리를 들었는
지 두리번거렸다. 소리의 정체는 영어교재 테이프였다. 건너
편 방에서 들려오고 있었다. 수아는 흘끔 엄마 눈치를 보더
니 살며시 일어나 그 방으로 걸어갔다. 그러고는 살짝 열린
문틈으로 방안을 들여다보았다. 아까 문방구 앞에서 보았던
여자아이가 테이프에서 흘러나오는 영어회화를 따라하고 있
었다. 아이는 인기척을 느끼고 수아 쪽으로 고개를 돌렸다.

"Hello, My name is Pyung-hwa. What's your name?"

아이가 수아에게 다가왔다. 수아는 인상을 찌푸리며 한 걸음 물러섰다. 아이의 옷차림이 너무 더러웠다.

"애가 발음이 좋네요."

성수는 눈짓으로 수아에게 주의를 주고는 아이의 발음을 칭찬했다.

"애 아빠가 지금 호주에 있거든요. 저희도 조만간 호주에 갈 예정이에요. 원래 저 나이 때가 외국어를 배우기 가장 좋다면서요. 학원 보낼 형편은 아니라서 어렵게 테이프랑 교재를 구했는데 곧잘 따라하더라고요. 저랑 달라서 소질이 있나 봐요, 우리 애가."

성수의 눈길이 자연스레 테이블 위에 놓인 액자로 향했다. 어떤 건설 현장을 배경으로 찍은 독사진이었는데, 성수랑 비슷한 연배의 남자가 사람 좋아 보이는 미소를 짓고 있었다. 그 사진 옆에는 여자가 딸과 함께 찍은 사진도 여러 장 있었다.

"바깥어른인가 보네요. 미남이신데요."

성수가 독사진을 보며 말했다. 그냥 예의상하는 공치사였지만 여자는 싫지 않은 듯 조용히 웃었다. 과일을 깎는 여자의 손놀림이 한결 경쾌해졌다.

"와, 뽀로로다."

아이는 작은 목소리로 중얼거리듯이 말했다. 수아가 안고 있는 펭귄 인형을 보고 하는 말이었다. 무척 마음에 들었는지 좀처럼 눈을 떼지 못했다. 수아는 아이에게 인형을 뺏길까봐 꼭 끌어안으며 슬쩍 물러섰다. 아이의 눈빛이 너무 노골적이어서 위기감을 느낀 듯했다. 이해를 못하는 바는 아니지만 자기가 봐도 딸의 행동이 조금은 지나치다고 여겼는지 민지는 나무라듯 수아를 한번 쳐다보고는 아이에게 웃는 얼굴로 말했다.

"뽀로로, 좋아하니?"

아이가 고개를 끄덕이며 강하게 긍정했다.

"수아야, 이리 줘 봐."

"싫어!"

수아는 완강하게 거절했다.

"빨리, 수아야. 엄마 말을 들어야지. 우리 수아, 착한 아이잖아?"

민지는 웃는 얼굴로 딸을 달래며 손을 내밀었다.

"싫어, 싫어! 쟤, 너무 더럽단 말이야!"

수아가 갑자기 목소리를 높이자, 당황한 민지는 급히 부엌을 보았다. 여자는 가만히 서서 과일을 깎고 있었다. 표정으로만 봐서는 방금 수아가 내뱉은 말을 들었는지 못 들었는지 가늠하기 어려웠다.

　　　　　　　　　　　　　　　　　　숨바꼭질 | 14

“수아, 너 지금 뭐하는 거야. 혼나, 아빠한테.”

성수가 짐짓 엄한 목소리로 딸을 야단쳤다. 수아는 당황해서 엄마를 쳐다보며 도움을 요청했다. 민지는 일부러 딸의 시선을 외면했다. 잠시 머뭇거리던 수아는 입술을 삐죽거리며 마지못해 인형을 아이에게 건네주었다.

“와!”

아이는 인형을 낚아채듯 가져가더니 구석으로 가서 인형을 가지고 놀기 시작했다.

수아가 불안한 눈빛으로 엄마를 쳐다보았다. 이대로 인형을 돌려받지 못할까봐 걱정하는 것 같았다.

민지는 입모양으로 괜찮다면서 딸을 안심시켰다. 수아의 표정은 좀처럼 밝아지지 않았다. 아이가 우악스럽게 인형을 끌어안더니 얼굴에 비벼대자, 민지도 불안한 눈빛으로 아이를 쳐다보았다. 아이가 차고 있는 안대가 자꾸 마음에 걸렸다. 아토피도 있는 것 같고, 저러다가 괜히 눈병이나 피부병이라도 옮으면 정말 낭패라고 생각했다. 그럴 바엔 그냥 아이에게 인형을 줘버리고 수아한테는 새것을 사주는 게 낫다 싶었다.

“평화에요. 김평화.”

여자가 커피와 과일을 쟁반에 담아서 돌아왔다. 딸을 바라보는 민지의 시선을 잘못 이해한 모양이었다.

“예쁜 이름이네요.”

성수가 말했다.

“참, 걱정이에요. 내년엔 애도 학교 들어가는데 동네가 너무 험해서요. 그 전에 좋은 데로 이사 가야 할 텐데.”

여자가 화제를 돌리며 커피 잔을 성수에게 내밀었다. 성수는 소매 밖으로 나온 여자의 팔목에서 무수한 자해 흔적을 발견했다. 흘끔 보니 검푸른 멍이 목에서부터 어깨까지 이어져있었다. 단순한 타박상이 아니었다. 누군가에게 얻어맞아서 생긴 것 같았다. 여자가 성수의 시선을 느꼈는지 소매를 끌어내려 상처들을 가렸다.

“근데, 차가 좋던데요. 외제차죠?”

여자가 물었다. 성수는 그런 걸 묻는 여자가 속물처럼 느껴졌지만 내색하진 않았다.

“좋긴요. 그냥…….”

성수는 말끝을 흐렸다.

“차도 그렇고 보니까 좋은 데 사시는 분들 같은데. 이런 누추한 곳엔 어쩐 일이세요?”

“누추하지 않아요. 여기도 좋은데요, 뭘.”

민지가 말했다. 그러자 여자는 눈을 빛내며 민지에게 다가 앉았다.

“혹시, 무슨 정보가 있나요?”

“네?”

엉뚱한 질문에 민지는 당황해서 되물었다.

“이 동네요. 철거 언제부터 들어간 데요? 얼핏 듣기로는 이번 달 안이라는 소문도 있고. 꼭 집에 적응 좀 할 만하면 내쫓긴다니까요.”

여자는 민지 내외가 이곳에 찾아온 이유가 부동산 투자라고 생각하는 것 같았다. 그래서 관련 정보를 얻으려는 눈치였다. 시종 소심한 모습으로 일관하던 여자는 갑자기 이상하리만치 적극성을 보이며 민지에게 정보를 구했다.

“아니요. 그런 건 아니고요.”

민지는 당황해서 손사래를 쳤다.

“에이, 그런 것 좀 있으면 공유해주세요. 사실 이 기회에 좀 좋은 동네로 이사 갈까 생각 중이었어요.”

여자가 집요하게 굴었다.

민지는 대답이 궁색해지자 남편을 흘끔 쳐다보았다.

“사실…… 제 형이 이 아파트에 삽니다.”

성수는 다소 침울한 표정으로 말했다.

“그래요? 몇 호인데요?”

여자가 마치 의외라는 듯이 물었다. 어울리지 않는다고 생각하는 모양이었다.

“바로 근처 집이요.”

성수는 대답하면서 여자의 눈치를 살폈다.

"어머, 진짜요?"

"네, 417호."

순간, 여자가 얼어붙으며 잔을 떨어뜨렸다. 무엇 때문인지 그녀는 완전히 하얗게 질린 얼굴로 성수를 쳐다보았다. 너무 갑작스러워서 성수는 당황했다. 혹시 자신이 뭔가 실수한 게 아닌지 자기가 한 말을 곱씹어보았다. 하지만 딱히 문제가 되거나 불쾌하게 만들 말은 하지 않았다. 아무리 생각해봐도 여자의 반응을 이해할 수 없었다.

"괜찮으세요?"

성수가 다가가며 묻자, 여자는 정색하며 물러났다. 진심으로 두려워하고 있었다. 성수는 혼란스러웠다.

"나가."

여자는 입술을 파르르 떨며 쥐어짜듯이 내뱉었다.

"네?"

싫다는 사람을 억지로 데려와 놓고 이제 와서 나가라니. 민지는 여자의 변덕에 기가 차다는 표정을 지었다. 처음 볼 때부터 이상한 여자라고 생각했지만 이건 정도가 너무 심했다.

"뭐해! 나가라고! 당장 이 집에서 나가!"

여자가 벌떡 일어나 소리를 지르더니 민지와 아이들을 억지로 일으켜 세웠다.

"뭐하는 거예요, 지금."

민지는 여자로부터 아이들을 떼어내며 항의했다.

"뭐하는 거냐고? 지금 몰라서 물어? 하여튼 그런 변태 새끼들은 평생 격리를 시켜놓던가 해야 돼. 내가 불안해서 애를 못 키우겠어."

여자가 이해할 수 없는 말만 늘어놓았다.

"저기…… 저희도 형하고 연락이 끊긴지는 오래돼서……."

당황한 성수가 변명을 하려고 하자, 여자는 듣기 싫다는 듯 성수 내외를 거칠게 떠밀었다. 보기랑 달리 힘이 장사였다.

"됐어. 듣기 싫어. 듣기 싫으니까, 내 집에서 당장 꺼져!"

"잠시만이요. 형이 실종되어서 그럽니다. 혹시 형에 대해 아는 거 있으세요?"

성수가 필사적으로 물었다.

"몰라! 나가, 나가라고!"

여자는 성수 가족을 복도까지 몰아내더니 문을 힘껏 닫아버렸다. 안에서 자물쇠를 잠그는 소리를 듣고, 민지는 어이없다는 얼굴로 남편을 쳐다보았다. 성수는 넋 빠진 얼굴로 굳게 닫힌 문을 바라만 보았다.

"부탁이니까, 제발 형한테 우리 딸 좀 그만 훔쳐보라고 애기해주세요."

안에서 여자가 하소연하듯 말했다.

"네?"

"그만 좀 훔쳐보라고요. 제가 그 사람 때문에 밤에 잠도 못 자겠어요. 미치겠다고요."

"그게 무슨 말씀인지……."

"정말 미치겠다고!"

여자가 버럭 소리를 질렀다.

"잠깐만이요. 아주머니……."

성수는 형에 대해 더 물어보고 싶어 문을 두드렸다. 하지만 대꾸가 없었다. 급기야 수아가 겁을 집어먹고 울음을 터뜨렸다. 민지는 딸을 달래며 그냥 가자고 재촉했다. 미련이 남았는지 성수는 어두커니 서서 문만 바라보았다.

"참나, 어이가 없어서. 뭐, 저런 여자가 다 있지. 진짜 황당하네. 뭐해요. 당신, 안 갈 거예요? 그럼 말아요."

민지는 그런 남편을 내버려두고 아이들을 데리고 계단으로 향했다. 결국 성수도 아내를 따라나섰다.

차로 돌아가는 동안, 아내는 한마디도 꺼내지 않았다. 말도 섞고 싶지 않을 만큼 몹시 화가 나 있었다.

성수는 걸음을 옮기면서도 계속 아파트를 흘끔거렸다. 여자에게 물어보고 싶은 말이 많은 모양이었다. 겨우 형을 아는 사람을 찾아서 그런지도 몰랐다. 하지만 민지는 성수의 심정을 이해하지 못했다. 애초에 여기까지 찾아온 것부터 마음에 들지 않았다. 아니, 그보다 지금까지 형에 대해 함구한 것이 그녀를 서운하게 만들었다. 민지는 아이들을 차에 태우고는 몸으로 운전석을 가로막으며 남편을 쏘아보았다.

"당신, 나한테 너무한 거 아냐? 아니, 어떻게…….”

민지는 흥분해서 말을 제대로 잇지 못했다.

"말 좀 해봐. 이게 다 어떻게 된 거야? 아니, 당신 형이란 사람, 대체 뭐하는 사람인데 저 여자가 저렇게 굴어? 내가 정말 창피해서…….”

민지는 말을 계속 하려다가 멈칫했다. 성수는 그녀의 말을 듣지 않고 있었다. 넋 나간 얼굴로 계속 아파트만 바라보고 있었다.

"여보? 여보!”

민지가 큰 소리로 남편을 불렀다.

"…….”

그때서야 성수는 멍한 얼굴로 아내를 쳐다보았다. 마치 귀신이라도 본 것 같은 얼굴을 하고 있었다. 마음이 약해진 민지는 더 세게 몰아붙이지 못하고 한결 누그러진 목소리로 걱정스럽게 물었다.

"당신, 괜찮아요?”

“응?”

“그러지 말고 사람들 불러서 짐만 정리해요, 네?”

성수는 대답을 망설였다.

“여보. 그렇게 해요, 응?”

민지는 완곡하게 말했다.

성수는 잠시 고민해보더니 천천히 고개를 가로저었다.

“먼저 애들하고 올라가 있어.”

“여보!”

“미안해. 좀만 더 알아보고 갈게.”

“당신 진짜 오늘 왜 그래요.”

“정말 미안해. 이대로 가면 마음이 편치 않을 거 같아서 그래. 나, 기다리지 말고 애들 데리고 먼저 집에 가 있어. 몇 가지만 더 알아보고 금방 따라갈게.”

민지는 남편의 고집을 꺾을 수 없었다. 체념하듯 고개를 끄덕였다. 성수는 자동차 키를 아내에게 맡기고 아파트 단지로 발길을 돌렸다.

“여보, 호세 아빠!”

“……”

“나도 이젠 모르겠다.”

민지는 가만히 서서 남편의 뒷모습을 한동안 물끄러미 바라보다가 한숨을 내쉬고 차에 올라탔다.

“엄마, 아빠는?”

수아가 물었다.

민지는 룸미러로 수아를 쳐다보았다. 수아는 인형을 꼭 끌어안은 채 눈을 동그랗게 뜨고 엄마의 대답을 기다렸다. 그러다가 가려운지 손으로 눈을 비볐다. 민지는 깜짝 놀라 뒤를 돌아보며 민지의 손을 잡았다.

“안 돼, 눈 비비지 마.”

“왜?”

민지는 인형을 뺏어서 조수석에 놓았다. 잊으려 해도 그 이상한 여자의 딸이 떠올랐다. 눈병에 걸렸으니 안대를 하고 있었을 것이다. 당장 서울에 올라가자마자 아이들을 데리고 안과부터 가야겠다고 생각했다.

“엄마, 왜?”

수아는 납득할 수 없다는 얼굴로 다시 물었다. 엄마를 쏙 빼닮아서 수아도 무척 고집이 센 편이었다.

“그냥 비비지 마. 눈 나빠진단 말이야. 내일 엄마랑 같이 안과에 가보자.”

민지는 대충 이유를 둘러댔다.

“병원 가는 거 싫은데…….”

수아가 볼멘소리를 했다.

“근데 아까 걔랑 무슨 얘기했어?”

심통이 났는지 수아는 아무 대꾸도 하지 않았다.

민지는 여자애를 떠올리다가 자연스레 애 엄마에 대한 생각으로 이어졌다. 똑같이 아이를 키우는 입장에서 생각해보면 미약하지만 이해가 가는 부분도 있었다. 이런 환경에서 애를 키운다는 건 결코 만만치 않은 일이리라.

"그래, 불쌍하긴 하다. 저렇게 험한 동네에서 애를 키우려니 얼마나 힘들겠어."

민지는 혼잣말을 하며 시동을 걸었다. 천천히 차를 몰아 큰길로 나오자 숨통이 트이는 기분이었다.

"엄마, 근데 아까 걔가 그러는데……."

호세가 한참을 망설이다가 이야기를 꺼냈다.

"응."

민지는 아들을 흘끔 보며 고개를 끄덕였다.

"저기 아파트 말이야. 빈 방들이 많은데, 거기에 다른 나라 아저씨들이 몰래 많이 숨어살고 있대."

"어머, 그래?"

"응. 그런데 걔가 그러는데, 어떨 때는 말이야. 그 아저씨들이 누가 살고 있는 집에도 그냥 들어와서 살기도 한데."

"무슨 소리야? 그게 말이 되니."

민지는 말도 안 된다는 듯 고개를 흔들었다. 아마도 그 여자애가 혼자 지내는 시간이 많다보니 상상력이 풍부해서 그런 거짓말을 만들어냈을 거라고 생각했다.

"진짜래. 걔가 그러던데? 주인 몰래 숨어서 산다는데? 너도 같이 들었지?"

호세가 동의를 구하자, 수아는 그렇다는 듯 고개를 끄덕였다.

"에이, 설마……."

민지는 신호대기에 걸려 차를 멈췄다. 주변 차선을 살피다기 문득 사이드미러를 보니 낮에 봤던 것과 똑같은 트럭이 뒤를 따라오고 있었다. 잘 보이지 않았지만 운전석엔 분명히 남자가 타고 있었다. 게다가 모자까지 썼다. 의식하지 않으려고 해도 신경이 쓰였다. 혹시, 아까 그 모자란 남자가 쫓아오고 있는 건 아닐까. 민지는 자기도 모르게 긴장하며 일부러 음악을 크게 틀었다. 수아와 호세가 귀를 막으며 시끄럽다고 하는 바람에 다시 볼륨을 줄였다. 트럭은 여전히 쫓아왔다. 핸들을 쥔 손에 힘이 들어갔다.

15

　성수는 자동차 소리를 듣고 걸음을 멈추고 뒤를 돌아보았다. 아내와 아이들이 탄 차가 멀어지고 있었다.

　괜히 가족에게 미안한 마음이 들었다. 아내가 느낄 서운함도 십분 이해했다. 이유야 어떻든 신뢰를 먼저 깬 사람은 성수였다. 가능하다면 아내에게 모든 것을 털어놓고 싶었다. 하지만 지금은 때가 아니었다. 스스로 마음을 추스를 시간이 필요했다. 언젠가 이런 날이 올 줄 알았지만 미처 대비할 틈도 없이 너무 갑작스럽게 찾아왔다. 다시 떠올리고 싶지 않은 어두운 과거를 입에 담기란 무척 어려운 일이었다. 아내는 그래도 친형이지 않느냐고 질타했지만 세상의 모든 가족이 화목하게 지내는 건 아니었다. 세상에는 가족이 남보다 못한 사람도 많다는 걸 너무나 잘 알았다. 굳이 멀리서 예를 찾을 필요도 없었다. 성수 자신이 이미 겪을 만큼 충분히 겪은 일이었다.

　차가 보이지 않게 되자, 성수는 다시 아파트로 걸음을 옮졌다.

관리실에서 꾸벅꾸벅 졸던 노인이 어떻게 알아차렸는지 반색하며 뛰어나왔다. 음흉하게 웃는 게 뭔가 바라는 눈치였다. 성수는 인부를 써서 짐을 가져가야겠다며 노인에게 형의 집 열쇠를 요구했다. 그러면서 오만 원짜리 지폐 한 장을 노인의 손에 쥐어주었다.

노인은 사양하지 않고 냉큼 돈을 받더니 열쇠를 내주면서 더 필요한 건 없냐고 물었다.

성수는 노인의 호의를 정중히 거절했다. 아쉽다는 듯 노인이 입맛을 다시며 관리실로 돌아갔다.

성수는 열쇠를 쥐고 출입문 앞에 서서 아파트를 올려다보았다. 처음보다는 익숙해졌지만 여전히 발을 들이기가 껄끄러웠다. 성수는 잠시 주저하다가 천천히 안으로 들어갔다. 눈에 들어오는 외설적인 낙서들을 외면하며 계단을 올라갔다. 엘리베이터의 고장이 잦다는 노인의 말에 다소 불편하더라도 계단을 오르는 좋겠다고 생각했다. 위로 갈수록 낙서들의 분위기가 암울했다. 어떤 낙서는 삶을 비관한 나머지 생을 마감하겠다는 유서 같은 내용을 담고 있었다. 눈길을 주지 않으려고 해도 자기도 모르게 보게 되었다. 그러다보니 덩달아 성수의 기분도 밑으로 가라앉으며 우울해졌다. 그래서일까. 기분 탓인지 누군가가 숨어서 자신을 주시하고 있는 것 같았다. 어쩌면 종적을 감췄다는 형이, 사실은 이 건물 어딘가에 숨어서 자신을 찾아와주기만을 기다리고 있는지도 모른다.

성수는 불안한 눈빛으로 주변을 두리번거렸다.

복도는 조용하기만 했다.

4층에 이르렀을 때, 어디선가 문이 세게 닫히는 소리가 들렸다.

성수는 흠칫 놀라며 뒤를 돌아보았지만 어느 집인지 알 수 없었다. 성가시더라도 노인을 데리고 왔어야 했나, 하는 뒤늦은 후회가 들기도 했다. 아니다. 그래도 역시 혼자가 편하다. 성수는 고개를 흔들며 마음을 다잡고 다시 걸음을 뗐다.

이윽고 417호 앞까지 걸어갔다.

성수는 노인에게 받은 열쇠를 꺼내 문을 열었다. 고장이라도 났는지 열쇠가 잘 돌아가지 않아 상당히 힘을 써야했다.

"어서 와."

들릴 리 없는 형의 목소리가 환청처럼 귓가에 울렸다. 성수는 흠칫 놀라며 고개를 들었다. 그때 거짓말처럼 문이 열렸다.

안에서 악취와 함께 서늘한 실내 공기가 흘러나왔다.

성수는 잠시 멈춰 서서 임전을 앞둔 병사처럼 집안을 사납게 노려보았다.

"그래, 들어간다."

성수는 나직이 속삭이며 집안으로 들어갔다.

그러고는 아무한테도 방해받고 싶지 않다는 듯 문을 세게 닫았다. 쿵, 하는 소리가 정적을 깨고 복도에 울려퍼졌다.

잠시 후.

문 열리는 소리가 들리고 건너편에서 누군가가 복도로 나왔다.

유일하게 성철을 기억하던 '주희'라는 여자였다.

그녀는 성수가 들어간 417호의 문을 말없이 쳐다보았다.

한손으론 큼직한 식칼을 쥐고, 노골적인 적개심을 드러내 보였다. 한참을 노려보던 주희는 천천히 417호로 걸어왔다.

마치 사냥에 나선 암사자처럼, 서두르지 않고 느릿하게.

발소리를 죽이며 417호 문 앞까지 걸어온 그녀는 주변을 한번 살피더니 식칼을 다른 손에 바꿔 쥐고 살며시 문손잡이를 잡았다. 그러고는 조심스럽게 뺨을 문에 대고 안에서 들려오는 소리에 귀를 기울였다.

16

민지는 부지런히 눈을 움직여 틈날 때마다 사이드미러를 확인했다. 여전히 트럭이 따라오고 있었다. 성철의 아파트를 떠나온 지도 벌써 두 시간 가까이 흘렀다. 우연이라고 하기엔 너무 공교로웠다. 자꾸만 낮에 마주쳤던 사내가 떠올라 좀처럼 불안을 떨칠 수 없었다. 남편 없이 혼자라는 것도 마음에 걸렸다.

민지는 의식적으로 속도를 높였다. 평소 규정 속도를 철저히 지키며 안전운전을 지향하는 그녀였지만 지금은 그런 걸 따질 겨를이 없었다. 어떻게든 저 트럭을 따돌리고 싶었다. 그래야 마음이 놓일 것 같았다.

속도가 점점 올라가자 차체가 미세하게 흔들리기 시작했다.

민지는 처음으로 해보는 과속 운전이라 잠시도 안심할 수 없었다. 트럭도 트럭이지만, 사고라도 날까봐 조마조마했다.

민지는 주위를 환기시키려는 마음에 흘끗 룸미러를 쳐다

보았다.

아이들은 뒷좌석에서 정신없이 자고 있었다. 누가 남매 아니랄까봐 붕어빵처럼 똑같은 포즈를 하고 있었다.

민지는 룸미러로 아이들을 보고는 자기도 모르게 피식 웃었다. 불안감이 조금은 가시는 것 같았다. 잠시 후, 눈에 익은 아파트 단지의 전경이 눈에 들어왔다. 집이 가까워지자 한결 마음이 놓였다.

'다 왔구나, 이제. 다행이다…….'

민지는 정문으로 차를 몰았다.

갑자기 뒤따라오던 트럭이 속도를 올리더니 아파트 단지 앞 횡단보도에 정차했다. 간발의 차이로 애매한 순간에 정지 신호로 바뀌었다. 민지는 어쩔 수 없이 트럭 옆으로 나란히 차를 세워야했다.

잔뜩 긴장해서 트럭을 쳐다보는데 차창이 스르륵 하고 내려갔다.

언뜻 모자가 보이는 것 같다.

민지는 숨을 삼키며 핸들을 꽉 움켜쥐었다. 여차하면 신호를 무시하고 그대로 내달릴 생각이었다.

차창이 완전히 내려가고 퉁퉁한 팔뚝이 쑥 나오더니 담배꽁초를 바닥에 내던졌다.

민지는 마음을 졸이며 곁눈질로 운전석을 살폈다.

머리를 짧게 자른 젊은 남자가 껌을 질경질경 씹으며 흥겨운 댄스음악에 맞춰 고개를 흔들고 있었다.

민지는 안도의 한숨을 내쉬었다. 낮에 봤던 그 사내가 아니었다. 정말 다행이라고 여기고 있는데 문득 남자가 이쪽으로 고개를 돌리더니 민지를 보고 음흉하게 웃으며 눈을 찡긋거렸다. 민지가 움찔하자 남자는 재미있다는 듯이 낄낄거렸다. 곧 신호가 바뀌고 남자는 트럭을 몰아 저쪽으로 달려갔다.

뒤에서 빨리 출발하라고 경적이 울렸다.

"야! 운전 처음 해? 빨리 안 가고 뭐해! 왜, 길을 막고 있어!"

민지는 겨우 정신을 차리고 차를 돌려 아파트 단지 정문을 통과했다. 경비실 안에서 최 씨가 민지를 알아보고 거수경례를 했다. 경비들 중에서도 유난히 까다로운 성격이라 평소 좋게 보지 않았던 사람이지만 지금만큼은 그 어느 때보다 반갑게 느껴졌다.

민지는 희미한 미소로 화답하며 지하주차장으로 차를 몰았다.

경비실에서 최 씨가 나오더니 의아하다는 눈빛으로 민지의 차를 바라보았다. 지금껏 일하면서 자신에게 미소를 보인 사람은 처음이었다. 별일이다 싶어 한참을 쳐다보다가 기지

개를 켜고는 다시 경비실로 돌아와 습관처럼 신문을 펼쳤다. 기사가 너무 눈에 익어서 날짜를 보니 어제일자 신문이었다. 최 씨는 신문을 접고 다른 신문을 찾았다. 그때 낡은 경차 한 대가 단지 입구에 정차했다. 요즘은 부품조차 생산되지 않는 구형 모델이었다.

"이야, 요새도 저 게 굴러다니는구나. 저거 경차래도 기름 엄청 먹을 텐데, 대단하네. 이건 뭐 완전 움직이는 박물관 수준인데?"

평소 차에 관심이 많은 최 씨는 신기해하다는 눈빛으로 차를 쳐다보았다. 아마 미처 몰랐을 것이다. 그 경차가 성철의 아파트에서부터 민지를 쫓아왔다는 사실을. 그건 민지도 마찬가지였다. 트럭만 신경 쓰느라 다른 차가 더 있었단 사실을 전혀 깨닫지 못했다.

"근데, 왜 저렇게 오래 있는 거지. 저거, 좀 수상하네. 신호가 바뀐 지가 언제인데……."

경차는 한참 동안 머물다가 최 씨가 조금 의아해하며 경비실에서 나오자 갑자기 도망치듯 떠나갔다.

서둘러 신호등까지 걸어간 최 씨는 뭔가 석연치 않다는 듯 경차가 사라진 방향을 한참동안 쳐다보았다.

"저거, 진짜 수상한 놈이네. 혹시 모르니까 번호라도 외워둘걸 그랬나."

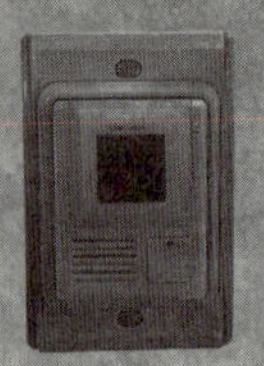

17

　민지는 아이들을 재우고 방을 나와 주방으로 갔다. 냉장고에서 생수를 꺼내 잔에 따르고 거실로 와서 소파에 몸을 묻었다.

　벽에 걸린 시계가 벌써 10시를 가리키고 있었다.

　민지는 물을 한 모금 마시고 휴대전화를 꺼냈다. 잠시 물끄러미 바라보다가 남편의 번호를 눌렀다. 신호음이 여러 차례 울렸지만 전화를 받지 않았다. 민지는 통화 연결을 끊고 다시 전화를 걸어보았다. 이번에도 마찬가지였다. 벌써 몇 번째 전화를 거는 것인지 몰랐다. 평소 같으면 먼저 전화를 걸어서 안심시켰을 남편이다.

　"전화도 안 받고, 이 시간까지 뭐하고 있는 거야."

　민지는 신경질적으로 휴대전화를 소파에 내려놓더니 자리에서 일어나 불을 끄고 침실로 향했다. 마치 아직까지 연락도 없는 남편에게 화를 내듯 문을 세게 닫았다. 그러더니 곧바로 다시 방에서 나와 휴대전화를 집었다.

민지는 말없이 휴대전화의 액정을 바라보았다.
"늦으면 늦는다고 전화라도 해주지……."

18

집 앞에 사람들이 몰려있다.

우산도 없이 비를 맞으며 집으로 달려온 어린 성수는 멈칫하며 다시 도망치려고 했다. 사람들의 시선이 두려웠다.

그때 사람들이 고개를 돌리더니 성수를 쳐다보았다.

성수는 얼어붙어서 그 자리에서 꼼짝도 하지 못했다.

아버지가 굳은 얼굴로 성수에게 다가왔다. 저렇게 굳은 모습은 처음이었다. 불길한 예감이 엄습했다.

"아버지……."

그 옆으로 엄마와 성철이 싸늘한 눈초리로 쳐다보며 천천히 걸어왔다.

제복을 입은 경찰도 보였다.

그들은 하나같이 사납게 성수를 노려보았다.

성수가 뭔가 말하려다가 입술을 달싹이는 순간, 바로 옆에서 인기척이 느껴졌다. 깜짝 놀라 고개를 돌리니 어느 샌가 성철이 서 있었다. 원망으로 가득한 얼굴로 성수를 바라보더니 나직하게 속삭인다.

"왜 그랬어. 왜, 거짓말을 했어!"

성철이 성수의 목을 졸랐다.

"헉!"

성수는 비명을 지르며 몸을 일으켰다.

또다시 꿈을 꾼 것이다.

성수는 숨을 고르며 주변을 둘러보았다. 자기 집이 아니라 성철의 집이라는 걸 깨닫고 잠시 멍한 상태에 빠졌다. 결혼하고 처음으로 외박한 것이다. 바닥에는 앨범이 펼쳐져 있고, 사진들이 여기저기에 널브러져 있었다. 앨범을 보다가 깜빡 잠이 들었던 모양이다. 창밖을 보니 해가 중천에 떠 있었다. 급히 시간을 확인해보니 벌써 아침 9시였다.

"후우, 내가 이런 데서 잠을 자다니."

성수는 길게 한숨을 내쉬며 손으로 바닥을 짚었다. 앨범에서 뭔가 묻었는지 손바닥이 끈적거렸다.

"이런……."

성수는 혀를 차고 일어나 화장실로 갔다. 세면대 옆에 비누가 있었지만 쓰고 싶은 마음은 들지 않았다. 성수는 수도를 틀고 피부가 벗겨질 정도로 몇 번이고 손을 씻었다. 그러고는 손을 닦으려고 거울 옆에 걸린 수건을 잡으려다가 순간 멈칫했다. 수건이 너무 지저분했다. 집에서 쓰는 걸레도 이

거보다는 깨끗할 것 같았다.

"정말 집구석하고는."

성수는 한숨을 내쉬며 손을 털었다. 도저히 수건을 쓸 엄두가 나지 않았다. 최대한 물기를 제거하려고 몇 번이고 세차게 털었다.

그때 밖에서 인기척이 들렸다.

"거기, 누구야."

성수는 깜짝 놀라 화장실에서 나왔다.

방바닥에 성수의 외투가 떨어져 있었다. 성수는 황급히 외투를 집어 호주머니를 뒤졌다. 지갑이 없었다. 누군가가 빼간 것이다!

"이게 어떻게 된 거지……."

당황한 성수는 두리번거리며 휴대전화를 찾았다.

낭패다. 휴대전화도 보이지 않았다.

그때 베란다에서 뭔가 희미하게 규칙적으로 울리는 소리를 듣고 황급히 뛰어갔다. 뭔가 이상하다. 베란다 창문은 모두 닫혀있어서 전혀 통풍이 되지 않았다. 성수가 들은 건, 분명히 바람에 뭔가 흔들리는 소리였다.

'가만, 바람이라고?'

성수는 몸을 숙이고 베란다 한쪽 구석에 나란히 놓인 화분들을 보았다. 물을 주지 않아 바짝 말라버린 화초의 잎사귀

들이 어딘가에서 불어오는 바람에 흔들리고 있었다. 뭔가 이상해서 성수는 화분들을 치우고 뒤쪽 벽을 꼼꼼히 살펴보았다. 바람이 어디서 불어오는지 찾아보려고 벽에 손을 대는데 스윽, 하고 앞으로 밀렸다.

똑같은 구조의 베란다가 눈앞에 나타났다.

분명히 옆집 베란다였다.

성수는 잠시 망설이다가 조심스럽게 옆집 배란다로 건너갔다. 혹시라도 사람이 있으면 무슨 오해를 받을지 몰랐지만, 그런 걱정은 부딪히고 나서 해도 늦지 않을 거라 생각했다. 천천히 걸음을 옮기며 사람이 있는지 살폈다.

"저기요?"

아무도 살지 않는지 대답이 없었다.

성수는 주변을 한번 살피고는 베란다를 통해 방으로 들어갔다. 지저분하기는 마찬가지였지만, 성철의 집과는 달리 화장품 냄새가 났다. 성수는 방에 놓인 화장대를 보고 여자가 사는 집이라고 직감했다.

'집주인이 여자인 모양인데……'

바닥에 맥주 캔들이 굴러다녔다. 물건들이 엉망으로 여기저기 널브러지고, 한바탕 몸싸움이라도 벌였는지 침대도 비뚤게 놓여있었다.

'설마……'

방 안을 살피던 성수는 바닥에 떨어진 속옷 하나를 주워들었다. 그러더니 뭔가 생각났다는 듯 속옷을 가지고 황급히 성철의 방으로 돌아와 옷장을 열었다. 전에 봤던 여자 속옷들이 그대로 있었다.

성수는 그중 하나를 꺼내 옆집에서 가져온 속옷과 비교해보았다.

똑같은 사이즈였다.

성수는 눈을 희번덕거리며 서랍이란 서랍들은 다 끄집어내서 내용물을 바닥에 쏟았다. 정신없이 물건을 파헤치며 확인해보더니 다시 집안을 뒤지기 시작했다. 그러다가 책상 밑에서 박스 하나를 찾았다.

성수는 박스를 꺼내 열어보았다.

가계부들이 맨 위에 있었다. 오랫동안 사용했는지 손때가 잔뜩 묻었지만 개의치 않고 가계부를 펼쳤다. 가계부를 살펴보니 수입과 지출 내역이 꼼꼼하게 적혀 있어서 성철이 교도소 출소 이후에 어떤 삶을 살았는지 알 수 있었다. 별로 인정하고 싶지는 않지만 나름 성실하고 살아온 것 같았다.

성수는 박스 안을 더 살펴보았다. 물건들을 모두 꺼내보니 맨 아래에 너덜너덜해진 노트 하나만 남았다.

휘갈겨 쓴 글씨로 백성철이라고 이름이 적혀 있었다. 형의 필체가 분명했다.

성수는 노트를 펼쳤다.

맨 앞장에 성철의 은행 계좌번호와 비밀번호가 적혀있다. 성수가 기억하는 형은 어릴 때부터 암기에 약했다. 아마도 잊지 않으려고 적어둔 모양이었다.

계속 노트를 넘기던 성수의 표정이 갑자기 일그러졌다. 노트 사이사이에 각종 법률관련 서류들이 책갈피처럼 껴있었다. 대부분 상속법과 부동산법에 관련된 내용이었다. 그중 몇몇 대목엔 밑줄까지 쳤다. 무슨 생각으로 그랬는지는 몰라도 주제 파악도 못하고 법률공부를 한 모양이었다. 그래봐야 수박 겉핥기 수준이겠지만.

성수는 형을 비웃으며 계속 노트를 넘겼다.

뒤쪽으로 가니 가족과 세상에 대한 원망들을 두서없이 적은 내용으로 가득했다. 끝에 가서는 신세한탄을 잔뜩 늘어놓았다.

'저는 누명을 썼습니다.' '억울합니다.' '제 말은 아무도 믿어주지 않았습니다.' '내 주변에는 아무도 없다.' '너무 외롭다.'

대체로 이런 내용들이었다. 그것도 점점 뒤로 갈수록 발악에 가까워져서 읽기가 고역스러웠다. 마치 언젠가 성수가 이 노트를 발견하길 바란 듯 거의 한풀이 가까운 넋두리가 끝없이 이어졌다.

성수는 신경질적으로 노트를 넘겼다. 그러다가 부아가 치미는지 노트를 바닥에 패대기쳤다. 노트의 펼쳐진 면에는 이렇게 적혀있었다.

"저를 외면하지 마십시오. 저는 유령이 아닙니다. 저는 여기에 이렇게 살아있습니다. 그리고 앞으로도 어떻게든 부득부득 살아있을 것입니다. 그래서 언젠가는 당신들 앞에 다시 나타날 것입니다. 저는 유령이 아닙니다."

19

　민지가 차를 가지고 수아를 데리러 어린이집으로 갔다. 평소 같으면 남편이 했어야할 일이지만 지난밤에 외박을 하더니 아직까지 돌아오지 않고 있었다. 심지어 전화 한 통 없었다. 민지는 차를 몰면서 남편이 돌아오면 해줄 이야기가 많다고 생각했다.

　어린이집에 도착하니 때마침 담당교사가 수아를 데리고 나오고 있었다. 민지는 차에서 내려 교사와 인사를 나눴다.

　"운전 조심해서 하세요, 어머니. 수아도 잘 가고. 내일 보자."

　"선생님, 안녕히 계세요."

　수아는 씩씩하게 인사를 하고는 뒷좌석에 앉았다.

　민지는 다시 한 번 담당교사와 인사를 나누고 차에 올라탔다. 그리고는 담당교사의 배웅을 받으며 집으로 차를 몰았다. 평일 낮이라 차량 통행도 적고, 어린이집에서 아파트까지는 몇 블록 떨어지지 않아서 금세 도착했다. 민지는 지하

주차장으로 차를 몰면서 룸미러로 흘끔 딸을 쳐다보았다. 만화영화 주제가를 흥얼거리던 수아는 엄마랑 눈이 마주치자 방긋 웃어보였다.

"배고프지, 수아야?"

"응!"

"점심으로 뭐 먹을까?"

"피자! 피자!"

수아는 기다렸다는 듯이 큰 소리로 외쳤다.

"피자는 식구들이 다 있을 때 함께 먹어야지. 다른 거 말고 싶은 건 없어?"

민지가 웃으면서 묻자, 수아는 실망한 듯 볼을 크게 부풀리며 고개를 흔들었다.

"그럼 우리 피자 시켜먹을까?"

"응!"

"알았어, 그럼. 엄마가 오늘은 수아를 위해서 피자를 시켜줄게. 대신 다음엔 오빠랑 아빠랑 같이 있을 때 먹는 거다?"

민지는 언제 그랬냐는 듯 환하게 웃는 수아를 데리고 차에서 내렸다. 수아는 피자를 먹는다는 생각에 기쁜지 깡충깡충 뛰었다. 그러다가 뭔가를 발견했는지 우뚝 멈추더니 엄마의 손을 잡아당겼다. 민지는 왜 그러나 싶어 고개를 들었다가 흠칫 놀라며 수아를 뒤로 물렸다.

출입문에 오토바이 헬멧을 쓴 사람이 우두커니 서 있었다. 바이저가 풀 페이스 형태인데다가 짙게 선탠처리까지 돼있어서 얼굴을 알아볼 수 없었다. 거기다가 비도 오지 않는데 한 손에는 장대우산을 쥐고 있었다.

민지는 오토바이 헬멧을 경계하며 수아를 데리고 출입문 앞까지 걸어갔다.

오토바이 헬멧은 미동도 하지 않고 가만히 서서 민지와 수아를 바라만 보았다. 바이저에 비친 민지의 얼굴은 잔뜩 겁에 질려 있었다.

민지는 허둥대며 휴대전화를 꺼냈다. 휴대전화에 달린 열쇠고리에는 소형 보안카드가 걸려있었다. 그게 없으면 건물 안으로 들어갈 수가 없다.

민지는 곁눈질로 오토바이 헬멧을 살피며 보안카드를 리더기에 댔다.

짤막한 버저가 울리고 유리문이 열렸다.

오토바이 헬멧은 여전히 우두커니 서서 두 모녀를 물끄러미 바라보았다.

민지가 재빨리 수아를 데리고 유리문을 통과하더니 흘끔흘끔 뒤를 살피며 엘리베이터로 향했다. 곧바로 유리문이 닫혔지만 불안감은 가시지 않았다. 오토바이 헬멧이 유리문 앞에 서서 계속 이쪽을 바라보고 있었기 때문이다.

‘미치겠네. 왜 빨리 안 내려오는 거야.’

민지는 긴장했는지 엘리베이터 버튼을 여러 번 눌렀다. 누군가가 이용하고 있는지 엘리베이터는 11층에서 멈춰서 미동도 하지 않았다. 민지는 초조해져서 다시 버튼을 눌렀다. 마침내 엘리베이터가 내려오기 시작했다. 겨우 마음을 놓고 유리문을 쳐다보는데 오토바이 헬멧이 주머니에서 뭔가를 꺼냈다.

보안카드였다.

민지는 믿기 힘들다는 듯 눈을 크게 떴다. 이 아파트에 살면서 저런 차림으로 드나드는 사람을 본 적이 없었다. 불안한 눈으로 엘리베이터가 어디까지 내려왔는지 확인했다. 잘 내려오던 엘리베이터가 6층에서 멈췄다.

‘빨리, 빨리 좀⋯⋯.’

민지는 입술을 깨물고 유리문을 쳐다보았다.

오토바이 헬멧이 보안카드로 문을 열고 천천히 걸어왔다. 민지는 자기도 모르게 벽에 바짝 붙었다.

그때 수아가 민지의 옷을 잡아당기더니 눈치도 없이 큰 소리로 물었다.

“엄마, 저 아저씬 날씨도 좋은 왜 우산을 들고 있어?”

“쉿! 조용히 해야지.”

민지는 깜짝 놀라서 작은 목소리로 주의를 주었다. 수아는 엄마가 왜 그러는지 모르겠다는 고개를 갸우뚱했다.

천천히 다가오던 오토바이 헬멧이 두어 걸음 사이를 두고 두 모녀 앞에 멈춰 섰다. 마치 일부러 간격을 두는 것 같았다. 민지가 방금 전 수아의 말실수를 사과하려고 고개를 숙여보였다. 오토바이 헬멧은 여전히 말 한마디 하지 않고 가만히 서 있었다. 그 침묵이 오히려 민지를 두렵게 만들었다.

차임이 울리고, 엘리베이터가 도착했다.

엘리베이터 문이 열리자, 그때까지 우두커니 서 있던 오토바이 헬멧이 두 모녀 사이를 지나 안으로 쑥 들어갔다. 마치 일부러 그런 듯이 층수 버튼도 누르지 않고 한가운데 떡하니 버티고 섰다.

민지는 어떻게 할지 몰라 잠시 망설였다. 수아가 채근하듯 소매를 잡아당겼다. 민지는 마지못해 수아를 데리고 엘리베이터에 탔다. 곁눈질로 오토바이 헬멧을 살피며 8층 버튼을 누르고 구석으로 바짝 붙었다.

문이 닫히고 엘리베이터가 올라가기 시작했다.

오토바이 헬멧은 그때까지도 층수 버튼을 누르지 않고 가만히 서 있었다.

민지는 불안한 눈으로 층수 표시등의 숫자가 바뀌는 것을 지켜보았다. 오늘따라 엘리베이터가 무척 더디다고 느꼈다.

수십 시간 같은 몇 초가 흐르고 엘리베이터가 마침내 8층에 도착했다. 문이 열리자마자 민지는 수아를 데리고 서둘러 내렸다.

"피자! 피자!"

아무것도 모르는 수아는 그저 피자를 먹는다는 생각에 신이 나서 떠들었다.

민지는 수아를 데리고 현관문 앞에 서서 도어 록의 비밀번호를 누르려다가 오토바이 헬멧을 의식하고 멈칫거렸다.

'저 사람, 왜 저러고 있는 거지. 정말 여기 사는 사람이 맞기나 하는 건가. 비도 안 오는데 장대우산은 또 뭐야.'

엘리베이터 문은 아직 닫히지 않았고, 오토바이 헬멧도 우두커니 서서 이쪽을 쳐다보고 있었다. 뭐라고 항의를 하고 싶었지만 손에 쥐고 있는 장대우산이 이상하게 마음에 걸렸다. 그렇다고 멀뚱히 서 있을 수도 없어서 민지는 도어 록을 손으로 가리고 비밀번호를 눌렀다. 긴장해선지 번호를 잘못 눌러서 오류가 났다.

"엄마, 뭐해. 빨리! 빨리. 오팔팔공! 오팔팔공!"

"수아야, 쉿!"

민지는 깜짝 놀라 얼른 수아의 입을 막으며 급히 엘리베이터 쪽을 쳐다보았다. 다행히도 그사이에 엘리베이터는 한층 위에 올라간 후였다. 민지는 가슴을 쓸어내리며 문을 열고 안으로 들어갔다.

잠시 후, 발소리가 들리며 누군가가 계단을 내려왔다.

오토바이 헬멧이었다.

20

성수는 아파트에서 나와 근처 은행을 찾아갔다. 성철의 방에서 찾아낸 통장을 꺼내 현금인출기로 다가갔다. 잠시 고민하다가 통장을 넣고 최근 3개월간의 거래내역을 확인했다. 입금내역은 거의 없고 주로 현금카드를 사용한 소액결제가 대부분이었다. 사소한 것 하나라도 놓치지 않으려고 꼼꼼하게 살피던 성수는 갑자기 눈을 크게 떴다.

'가만, 이건……'

마지막 줄. 가장 최근에 사용한 내역을 보니 전날 ××동 패밀리마트에서 삼천오백 원을 썼다. ××동이면, 바로 성수가 사는 동네다. 가슴이 뛰었다. 형은 내가 어디에 살고 있는지 알고 있다! 성수는 당황해서 주머니에 손을 넣었다. 그러다가 휴대전화를 잃어버린 사실을 뒤늦게 생각해내고 혀를 찼다.

우물쭈물할 틈이 없었다. 성수는 정신없이 밖으로 뛰어나가 공중전화를 찾았다. 다행히 저만치에 공중전화 부스가 보인다.

한달음에 달려간 성수는 부스 안을 들여다보았다. 고장 난 전화였다. 몸통만 있고 송수화기가 없었다.

성수는 홧김에 소리를 지르고 다른 공중전화를 찾아 나섰다. 한 블록을 달려갔지만 공중전화는 보이지 않았다. 지나가는 사람이라도 있으면 휴대전화를 빌려볼 텐데 외진 곳이라 그것도 여의치 않았다.

아내와 아이들이 걱정되었다.

뭔가 방법을 찾아야한다.

'형'이 가족을 찾아가기 전에…….

성수는 머리를 쥐어뜯으며 고함을 질렀다.

21

"엄마, 게임기. 게임기 사준다고 약속했잖아."

호세가 학교에서 돌아오자마자 옷도 갈아입지 않고 엄마에게 매달려 떼를 썼다. 또 반 아이 중 하나가 호세에게 자랑을 한 모양이었다.

"엄마가 언제?"

민지는 시치미를 뗐다.

"지난주에 사준다고 했잖아!"

호세는 버럭 소리를 질렀다. 아빠가 집에 없다는 걸 믿고 그러는 것이다. 민지는 호세를 한번 노려보고는 거실로 가서 보안시스템 콘솔을 조작해서 현관문의 비밀번호를 변경했다. 호세는 포기할 수 없다는 듯 엄마를 졸졸 따라다녔다.

"게임기, 게임기!"

"백호세, 엄마기 그때 뭐라고 했지? 매일 두 시간씩 학습지를 풀면 사준다고 했지. 근데 넌 어떻게 했지?"

궁지에 몰린 호세는 시선을 외면하고 딴청을 피웠다.

“대답해봐.”

“했어.”

호세는 자신 없는 목소리로 대답했다.

“언제? 엄마는 한 번도 본 적이 없는데?”

“야쿠르트 먹을 거야?”

수아가 끼어들었다.

“야쿠르트 아줌마 아직 안 왔어. 아줌마가 오면 먹을 거야. 대신 다른 거 먹사. 수스 줄게, 엄마가.”

그러면서 민지는 주방으로 향했다.

“야쿠르트! 야쿠르트!”

“엄마, 게임기…….”

호세와 수아가 엄마를 따라갔다. 호세는 아직 게임기에 대한 미련을 버리지 못했는지 혼잣말로 중얼거렸다.

“반에서 나만 없는데. 석구도, 창식이도 게임기를 새로 샀다는데…….”

아이들을 식탁에 앉힌 민지는 냉장고를 열어 주스를 꺼냈다. 찬장에서 유리컵을 꺼내 주스를 따르고 있는데 인터폰이 울렸다.

“호세야, 동생 주스 좀 따라줘. 게임기는 엄마가 아빠 오면 이야기해볼게.”

“정말?”

민지는 금세 표정을 바꾸는 호세를 보고 쓰게 웃고는 현관으로 가서 인터폰을 받았다. 수화기에서 귀에 익은 목소리가 들렸다.

경비, 최 씨였다.

"여기 경비실인데요. 택배가 왔습니다. 와서 가져가세요."

최 씨는 특유의 어눌한 목소리로 퉁명스럽게 말했다.

"네."

민지는 수화기를 내려놓고 주방을 흘끔 쳐다보았다.

"얘들아, 엄마 경비실에서 택배 가져올 테니까 주스 마시고 있어. 알았지?"

아이들이 엄마를 보며 고개를 끄덕였다. 민지는 미덥지 않은 얼굴로 아이들을 바라보다가 고개를 흔들면서 카디건을 걸치고 집을 나섰다. 낮에 마주쳤던 오토바이 헬멧이 떠올라 문단속을 단단히 하고는 엘리베이터를 타고 내려갔다.

경비실로 가니 최 씨가 무뚝뚝한 얼굴로 작은 박스를 건넸다. 고맙다고 인사를 하고 택배 상자를 받아든 민지는 뭔가 이상하다고 여겼다. 송장을 보니 받는 사람 주소를 쓴 필체가 겨우 알아볼 정도로 악필이었고, 발신인의 이름과 주소는 아예 적혀있지도 않았다. 게다가 상자가 비록 작긴 했지만 지나치게 가벼웠다. 뭐가 들어서 이렇게 가볍나 싶어 택배 상자를 뜯어보려는데 휴대전화가 울렸다.

“오라는 전화는 안 오고……”

발신자 번호를 보니 모르는 번호였다.

휴대전화도 아니고 일반전화였다.

민지는 광고 전화일 거라고 여기고 그냥 무시해버렸다. 잠깐 끊기더니 같은 번호로 다시 전화가 걸려왔다. 민지는 이번에도 무시하려다가 참 끈질기다싶어 따끔하게 한마디 해줄 생각으로 전화를 받았다.

“여보세요?”

“당신, 지금 어디야? 집이야?”

남편이었다. 전화 한 통 없이 외박까지 한 사람이 뭐가 그리 당당한지 다짜고짜 소리를 지르며 다그치고 있었다. 민지는 눈살을 찌푸리며 대꾸하려다가 남편의 목소리에 서린 불안감을 알아채고 왜 그러냐고 되물었다.

“왜 그러는데요?”

“지금 어디냐니까!”

“택배가 왔다고 해서 잠깐 나와 있는데……”

“당장 집으로 돌아가. 당장!”

성수가 다급한 목소리로 외쳤다. 거의 윽박지르는 수준이었다.

“네?”

“글쎄, 얼른 들어가 있으라고. 애들은 집에 있지? 호세는,

호세도 학교에서 왔고?”

“네, 좀 전에.”

“알았어. 그럼 빨리 돌아가. 내가 올 때까지 누가 찾아와도 절대 문 열어주지 말고 있어. 알았지? 꼼짝 말고 내가 갈 때까지 기다리고 있어.”

“지금 그게 무슨 소리에요. 대체 뭣 때문에 이러는지 이유라도…….”

“빨리!”

성수가 일방적으로 전화를 끊었다.

민지는 황당해서 휴대전화를 멍하니 쳐다보았다. 어제에 이어서 오늘까지, 남편의 언행이 너무 낯설게 느껴졌다. 평소랑 달라도 너무 달라서, 마치 다른 사람을 대하는 것 같았다. 민지는 휴대전화를 주머니에 넣고 택배 상자를 쳐다보았다. 잠시 망설이다가 상자를 뜯어보았다.

“뭐야, 이건…….”

민지는 당황한 듯 입을 다물지 못했다.

상자가 가벼운 이유를 알았다. 안이 텅 비어있었다. 대체 누가 빈 상자를 보낸 것일까. 발신인 이름과 주소도 없고, 장난으로 넘기기엔 뭔가 석연치 않았다. 갑자기 불안해진 민지는 황급히 집으로 뛰기 시작했다. 방금 전에 걸려온 남편의 전화도 마음에 걸렸다. 남편은 신중한 사람이다. 분명히 평소와 다르긴 하지만 남편이 그러는 덴 그만한 이유가 있을 것이다. 생각이 거기에 미치자 덜컥 겁이 났다. 심장이 방망이질치기 시작했다. 민지는 급히 휴대전화를 꺼내 집으로 전화를 걸었다. 신호음이 여러 차례 울렸지만 전화를 받질 않는다. 민지는 연결을 끊고 다시 번호를 눌렀다.

"전화 좀 받아, 백호세!"

민지는 계속 통화를 시도하면서 정신없이 뛰었다. 도중에 한쪽 신발이 벗겨졌지만 다시 주울 생각도 못하고 계속 달려갔다. 머릿속엔 온통 한시라도 빨리 집에 가야겠단 생각뿐이었다. 여전히 아이들은 전화를 받지 않았다. 그러지 않으려고 해도 자꾸만 무서운 생각이 떠올랐다. 민지는 세차게 고개를 흔들며 이를 악물고 뛰었다.

22

　거실에서 TV를 보며 엄마를 기다리던 수아는 문득 뭔가를 발견했는지 고개를 갸웃하며 현관으로 걸어갔다.

　"어?"

　현관문 아래쪽, 누군가가 밖에서 우유투입구를 열고 있었다.

　수아는 쪼그리고 앉아서 가만히 지켜보았다.

　그때 방에서 온라인 게임을 하던 호세가 휴대전화를 받으면서 거실로 나왔다.

　"응? 아무도 안 찾아왔는데. 엄마 지금 어디야?"

　"엄마야?"

　수아가 고개를 돌려 오빠를 쳐다보며 물었다.

　호세가 고개를 끄덕였다.

　"니 좀……."

　수아가 자길 바꿔달라며 손을 내밀었다. 호세는 동생에게 다가가 휴대전화를 건네주고는 현관문을 흘끔 쳐다보았다.

호세도 우유투입구가 움직이는 것을 보았다.

"엄마?"

"어, 수아야. 별일 없지?"

민지는 달리느라 숨을 헐떡거렸다.

"우리 야쿠르트 먹는 거야, 이제?"

"아까부터 무슨 야쿠르트야. 주스 마셨잖아."

"아줌마 온 거 같은데?"

"응?"

"야쿠르트 아줌마 말이야. 아까부터 밖에서 기다리고 있다고. 엄마, 내가 받으면 안 돼? 나, 야쿠르트 먹고 싶단 말이야."

"안 돼, 수아야! 절대 안 돼. 문 열어주면 안 돼, 알겠니? 오빠 좀 바꿔봐, 빨리!"

수아는 자기한테 엄마가 왜 소리치는지 모르겠다는 듯 고개를 갸우뚱하더니 오빠에게 휴대전화를 건넸다.

"엄마가 바꾸래."

호세는 눈으로는 우유투입구를 쳐다보며 전화를 받았다.

"어, 엄마."

"지금 밖에 누구 왔니?"

민지가 다급한 목소리로 물었다.

"어."

그때 현관문을 두드리는 소리가 들렸다. 노크라고 하기엔 다소 신경질적이고 거칠었다. 마치 주먹으로 두드리는 것 같았다. 그 소리에 수아가 겁을 집어먹고 오빠에게 다가가 허리를 끌어안았다.

"지금 밖에서 누가 노크하는데?"

"뭐? 문은, 문은 잠겨있어?"

"응."

호세가 고개를 끄덕였다.

"엄마가 갈 때까지 기다려, 알았지? 아무 대답도 하지 말고. 꼭이야."

"으, 응."

엄마가 전화를 끊자, 호세는 수아의 손을 잡고 문에서 물러났다.

이번에는 초인종이 울렸다.

인터폰의 모니터가 켜졌지만 아무것도 보이지 않았다. 손바닥으로 카메라를 가리고 있는 모양이었다.

호세는 모니터를 뚫어지게 바라보며 침을 꿀꺽 삼켰다.

키가 작은 수아는 화면을 볼 수 없었지만 오빠의 표정에서 두려움을 읽고 바짝 긴장했다.

"오빠?"

"쉿! 조용히 해."

또다시 초인종이 울렸다.

여전히 화면엔 아무것도 보이지 않았다.

호세는 동생을 뒤로 물리고 천천히 현관문으로 다가갔다. 문에 달린 작은 도어스코프로 누군지 확인하려는 것이다. 살금살금 조심스럽게 문에 다가간 호세는 동생을 흘끔 돌아보고는 심호흡을 하고 까치발로 서서 방범렌즈에 눈을 댔다.

바로 그때였다.

쾅쾅쾅!

밖에 있는 사람이 문을 세차게 두들겼다.

깜짝 놀란 호세는 비명을 삼키며 뒷걸음질을 쳤다.

곧이어 도어 록의 비밀번호를 입력하는 소리가 울렸다.

—비밀번호가 틀립니다.

안내 메시지와 함께 비밀번호 오류를 알리는 기계음이 울렸다.

상대는 포기하지 않고 다시 같은 번호를 입력했다. 이번에도 비밀번호 오류를 알리는 메시지가 들렸다.

잠시 침묵이 흘렀다.

두 남매는 서로 꼭 끌어안은 채 겁에 질린 얼굴로 현관문을 뚫어지게 쳐다보았다.

호세의 휴대전화로 전화가 걸려왔다. 긴장하고 있다가 벨소리를 듣고 깜짝 놀란 호세는 얼른 액정을 확인했다. 다행히 엄마였다.

"여보세요?"

"호세야, 괜찮아?"

호세는 혹시라도 밖으로 목소리가 새어나갈까 봐 손으로 가리고 작은 목소리로 대답했다.

"엄마, 간 거 같아……."

"그래?"

"응, 조용해. 한번 확인해볼까?"

"안 돼, 그러지 마. 엄마가 갈 때까지 기다……."

무슨 일인지 갑자기 전화가 끊겼다.

"여보세요? 엄마? 여보세요, 여보세요!"

불안해진 호세는 현관문을 쳐다보았다. 그러다가 천천히 현관문으로 다가갔다.

수아가 무섭다며 오빠를 잡아끌었다.

호세는 흘끔 돌아보더니 수아의 손을 떼어내고 현관문으로 걸어갔다.

여전히 밖은 조용했다.

호세는 용기를 내어 뒤꿈치를 들고 까치발로 서서 도어스코프로 밖을 내다보았다. 밖엔 아무도 없었다. 겨우 마음이 놓였는지 호세는 한숨을 내쉬고 불안한 눈으로 자신을 바라보고 있는 동생에게 괜찮다며 미소를 지어보였다.

그 순간, 우유투입구에서 검은 장갑을 낀 손이 튀어나오더니 호세의 발목을 움켜잡았다.

"오빠!"

수아가 비명을 질렀다.

호세는 깜짝 놀라며 엉덩방아를 찧었다. 우유투입구에서 튀어나온 손이 호세의 발목을 거칠게 잡아당겼다.

"으아아아아!"

호세가 소리를 지르며 다른 발로 마구 걷어찼다. 호세의 거센 저항에 장갑 낀 손이 발목을 놓았다. 겨우 풀려난 호세는 앉은 채로 뒷걸음질을 쳤다. 그러자 잠시 물러났던 검은 장갑이 흡사 뱀처럼 쭉 뻗어왔다.

"엄마!"

호세가 울먹이며 엉금엉금 기었다.

간발의 차이로 호세를 놓친 검은 장갑이 분하다는 듯 바닥을 치더니 팔뚝까지 쑥 집어넣어 문을 더듬었다. 검은 장갑은 그대로 잠금장치로 손을 뻗어 문을 열려고 했다. 무척 집요했다. 꼼지락거리는 손가락 끝에 잠금장치가 닿을락말락 했다. 조금만 더 뻗으면 문을 열 수 있을 것 같았다.

"엄마! 엄마!"

수아가 엄마를 찾으며 비명을 지르기 시작했다.

호세도 덩달아 소리를 질렀다.

23

"한번 확인해볼까?"

호세가 자신 있다는 듯이 말했다.

"안 돼, 그러지 마. 엄마가 갈 때까지 기다……."

1층에서 엘리베이터를 기다리던 민지는 소스라치게 놀라며 휴대전화를 바꿔 쥐려다가 그만 손이 미끄러져서 바닥에 떨어뜨리고 말았다. 민지는 황급히 휴대전화를 주워들었다. 하필이면 액정이 깨졌다. 스마트폰은 액정이 깨져버리면 전화를 걸 수가 없다. 민지는 입술을 깨물며 엘리베이터의 위치를 확인했다. 무슨 영문인지 아무리 버튼을 눌러도 엘리베이터는 내려올 생각을 하지 않았다. 더구나 8층에 멈춰있다. 발을 동동 구르던 민지는 더는 기다릴 수 없다는 듯 계단을 뛰어올라갔다.

위에서 누군가가 맹렬하게 문을 두드리는 소리가 들렸다. 민지는 직감적으로 자기 집이라는 걸 알았다. 마음이 급해져서 한 번에 두세 계단을 올라갔다. 금세 지쳤지만 잠시도 멈출 수가 없었다.

민지는 숨을 헐떡이며 난간을 잡고 부지런히 올라갔다. 평소에 엘리베이터만 이용했지, 계단을 오를 일이 없었던 터라 현기증이 날 것 같았다. 무리를 해서 무릎은 아프고 다리에 힘이 점점 빠졌지만 이를 악물고 버텼다. 그야말로 사력을 다했다.

간신히 5층과 6층 사이의 충계참에 이르렀을 때는 도어 록의 비밀번호를 누르는 소리가 들리더니 연이어 비밀번호 오류를 알리는 메시가 들렸다.

"민지야! 호세야!"

당장이라도 쓰러질 것 같던 민지는 아이들을 부르며 무서운 기세로 계단을 올라갔다. 몸이 지칠 대로 지쳤지만 다리가 저절로 움직였다.

6층을 지나서,

7층으로.

그리고 마침내 8층에 도착했다.

"하아, 하아, 하아……."

민지는 난간을 붙잡고 서서 거칠게 숨을 몰아쉬며 주위를 둘러보았다. 엘리베이터가 꿈쩍도 하지 않았던 이유를 찾았다. 누군가가 신문을 여러 번 두껍게 접어서 엘리베이터 문이 닫히지 않도록 틈 사이에 쑤셔 넣은 것이다. 고의로 그런 것이 분명했다.

"아니, 누가 이런 짓을……."

민지는 황급히 고개를 돌렸다. 다행히 아무도 보이지 않았다. 하지만 잠시도 머뭇거릴 틈이 없었다. 민지는 주변을 흘끔거리며 서둘러 비밀번호를 눌렀다. 낯선 사람이라고 여겼는지 안에서 아이들이 비명을 질렀다.

"얘들아, 괜찮아. 엄마야, 엄마."

민지가 아이들을 안심시키며 문을 열었다.

"엄마가 왔으니까, 이제 괜……."

갑자기 위에서 계단을 내려오는 소리가 들렸다.

민지는 문을 열다가말고 위를 쳐다보았다.

낮에 주차장에서 마주쳤던 오토바이 헬멧이 여전히 손에 장대우산을 쥐고 무서운 기세로 민지에게 달려왔다. 그때는 몰랐는데 다시 보니 우산 끝이 지나치게 뾰족해서 꼭 흉기처럼 느껴졌다. 그 흉기 같은 우산 끝이 그대로 민지의 눈으로 날아들었다. 어찌 해볼 새도 없이 민지는 당황하며 엉거주춤 뒤로 물러섰다. 순간 다리에 힘이 풀리며 그대로 주저앉고 말았다. 동시에 오토바이 헬멧이 휘두른 장대우산이 반쯤 열린 현관문을 강타했다. 그 충격으로 문에 달아둔 풍경이 소리를 내며 떨어졌다. 민지는 숨 돌릴 틈도 없이 본능적으로 오토바이 헬멧을 힘껏 밀어서 넘어뜨렸다.

"엄마! 꺄아아아!"

엄마를 보고 반기며 다가오던 아이들이 겁에 질려 비명을 질렀다.

"안 돼, 나오지 마!"

민지는 퍼뜩 정신을 차리고 아이들에게 나오지 말라고 소리쳤다. 그사이에 다시 일어난 오토바이 헬멧이 민지를 밀치고 집안으로 들어가려고 했다.

"우리 애들한테 손대지미!"

민시가 뒤에서 오토바이 헬멧의 옷깃을 잡아당겼다. 오토바이 헬멧이 민지를 뿌리치며 다시 진입을 시도했다.

"도와주세요! 누구 없어요? 도와주세요, 제발!"

민지는 필사적으로 도움을 청하며 오토바이 헬멧의 다리를 잡고 매달렸다. 그때 아래쪽에서 웅성거리는 소리가 들렸다. 경비 최 씨가 씩씩거리며 계단을 올라오고 있었다. 엘리베이터 고장 신고를 받고 확인하러 나온 것이다.

"아저씨, 여기요! 아저씨, 도와주세요!"

24

　택시를 타고 집으로 돌아온 성수는 요금을 지불하고 내리다가 아파트 입구에 경찰차가 와있는 것을 보고 덜컥 겁이 났다. 주민들이 모여서 수군거리는 것도 마음에 걸렸다.

　성수는 거스름돈을 받는 것도 잊은 채 황급히 뛰어갔다.

　입구에 진을 치고 있던 사람들이 성수가 지나가자 흘끔거리며 자기들끼리 뭔가 쑥덕거렸다. 그들의 시선이 무척 불쾌했지만 성수는 무시하고 엘리베이터에 올라탔다. 지금은 그만한 일로 시비를 붙을 여유가 없었다. 가족의 안위가 먼저였다. 초조한 마음으로 문만 뚫어지게 쳐다보고 있는데 엘리베이터가 8층에 도착했다.

　문이 열리자마자 다급하게 엘리베이터에서 내린 성수는 생각했던 것 이상으로 많은 사람들이 집 앞에 몰려있어 흠칫 놀랐다.

　아파트 관리소장을 비롯해서 경비들도 여럿 있었고, 제복을 입은 경찰관들도 서너 명이나 있었다.

“아, 마침 바깥양반 오셨네.”

관리소장이 성수를 알아보고 다소 거만한 목소리로 말했다. 사람들의 시선이 자연스럽게 성수에게 쏠렸다.

“좀 지나가겠습니다.”

성수는 사람들을 헤치며 집 안으로 들어갔다.

“여보! 수아야, 호세야!”

팔에 붕대를 감은 민지가 아이들을 부둥켜안고 벌벌 떨고 있었다. 아이들도 많이 울어서 눈이 퉁퉁 부어있었다. 세 가족은 아직도 충격에서 벗어나지 못했는지 성수를 보고도 멍한 표정을 지었다.

“괜찮아? 어쩌다가 다친 거야.”

성수는 아내에게 다가가 한쪽 무릎을 꿇고 앉아서 상처를 살폈다. 민지와 아이들은 그때서야 성수를 알아보고 다시 울음을 터뜨렸다. 성수는 미안한 마음에 가족들을 끌어안으며 등을 토닥였다.

“저어……”

성수는 자신을 부르는 것 같아 고개를 돌렸다.

허름한 점퍼 차림에 머리를 짧게 자른 40대 중반의 사내가 신발장 옆에 서 있었다. 바로 뒤에는 그보다 대여섯 살쯤 어려보이는 덩치 큰 사내가 무덤덤한 얼굴로 이쪽을 쳐다보고 있었다. 사내는 성수와 눈이 마주치자 살짝 목례를 하고는 지갑에서 명함을 꺼내보였다. 명함에는 소속과 함께 '경사 박동철'이라고 새겨져 있었다. 신고를 받고 나온 관할서 형사들이었다.

"백성수 씨, 맞으시죠?"

"예."

"부인께서 많이 놀라신 듯합니다. 그래도 운이 좋았어요. 용의자가 고의로 엘리베이터를 정지시켜놓은 모양인데 그 바람에 고장신고가 들어가서 저기 저 경비 아저씨가 바로 올라온 모양입니다. 그길로 용의자가 달아나버렸습니다. 부인께서 용의자랑 몸싸움을 벌였지만 다행히 크게 다치진 않은 것 같습니다."

박 형사는 차분하게 상황을 설명해주었다. 성수는 부들부들 떨고 있는 아내를 보고 자신이 더 서둘렀어야 했다고 자책했다.

"그리고 이게……."

박 형사가 말끝을 흐리며 인쇄물을 보여주었다. 엘리베이터의 감시카메라에 잡힌 화면을 프린트한 것이었다. 형사는 손가락으로 민지와 수아 옆에 서 있는 오토바이 헬멧을 가리켰다. 그러면서 곤란하다는 표정을 지으며 말을 이었다.

"보시다시피 얼굴이 보이지 않아서 말입니다. 저희도 좀 난감합니다. 이렇게만 봐서는 인상착의를 특정할 수도 없고……."

성수는 박 형사의 이야기를 들으며 물끄러미 인쇄물을 바라보았다.

"여러 가지 가능성이 있기는 하지만, 혹시 백성수 씨나 부인께 원한을 가질만한 사람이 없습니까. 그게 아니면 돈 문제가 얽혔다거나…… 뭐, 아주 사소한 거라도 말씀을 해주시면 도움이 될 것 같습니다. 한번 잘 생각해보십시오."

박 형사가 조심스럽게 물었다.

성수는 형에 대해서 말하려다가 아내를 의식하고 머뭇거렸다.

"뭔가 짚이라는 거라도 있습니까?"

수더분한 인상과는 달리 박 형사는 무척 예리했다. 표정만 보고도 성수가 뭔가 감추고 있다는 것을 간파했다.

"괜찮아. 이건 고자질을 하는 게 아니야. 자, 어서 아는 걸 이야길 해봐."

순간, 오랜 기억속의 목소리가 환청처럼 들렸다. 그것이 너무 명료해서 성수는 자기도 모르게 움찔했다.

"죄송합니다. 방금 뭐하고 말씀하셨죠?"

박 형사가 뒤쪽에 서 있는 덩치 큰 형사를 흘끔 쳐다보았다. 덩치 큰 형사는 어깨를 으쓱해보였다.

"혹시 짐작 가는 사람이라도 있는지 물었습니다. 특별히 생각나는 거라고 있습니까?"

"아뇨, 저는 그냥…….”

그때 민지가 경비실에서 받아온 택배 상자를 가져왔다.

"아까 이런 게 왔었어요. 보면 알겠지만 수신인 주소가 우리 집이에요. 그런데 안에 아무것도 없었어요.”

박 형사는 상자를 받아들고 귀에 대고 흔들어보더니 안을 확인해보았다. 잘 모르겠다는 듯이 민지를 쳐다보며 물었다.

"이거 발신인이 없네요. 혹시 누가 보냈는지 아십니까?"

민지는 대답 대신에 흘끗 남편을 쳐다보았다.

형사들도 성수에게 시선을 돌렸다.

성수는 잠시 망설이다가 피해갈 수 없다고 여겼는지 입술을 깨물더니 아주 힘겹게 말문을 열었다.

"그건 아마도 저희 형이 보냈을 겁니다.”

민지는 전혀 뜻밖이었는지 눈을 크게 떴다. 성수는 아내의 시선이 부담스럽다는 듯 고개를 돌렸다.

"백성수 씨 형이 보냈다고요?"

박 형사가 되물었다.

"예, 그런 것 같습니다.”

성수는 침울한 목소리로 대답하며 형의 통장을 꺼내보였다. 형사들은 통장을 건네받고 최근 거래내역을 확인했다.

"형님 성함이 백성철이군요?"

“예, 백성철.”

박 형사가 동료 형사가 눈짓으로 뭔가 신호를 보냈다. 덩치 큰 형사는 휴대전화를 꺼내더니 밖으로 나가면서 어딘가로 전화를 걸었다.

“그렇다면 이 헬멧을 쓴 용의자가 형님이라고 생각하시는 겁니까?”

박 형사가 물었다.

“그건 서노 잘……..”

성수는 말끝을 흐렸다.

“흠, 형님 되시는 분과 사이가 안 좋습니까? 최근에 형님과 연락한 게 언제죠? 마지막으로 본 건요? 지금 어디에 살고 있는지 알고 계십니까?”

박 형사는 틈을 주지 않고 계속 질문을 던졌다. 성수는 어떻게 설명해야 될지 몰라 대답을 머뭇거렸다.

“연락이요? 전혀요. 저는 어제까지 이이한테 형이 있는지도 몰랐어요. 그리고 사는 덴 인천이에요.”

민지가 불쑥 대화에 끼어들었다.

“예? 그게 무슨 말씀이시죠?”

박 형사가 성수와 민지의 표정을 번갈아 살피며 되물었다. 그때 밖에 나갔던 덩치 큰 형사가 돌아왔다.

“선배, 백성철 이 사람 아주 경력이 화려한대요? 어디보

자. 햐, 가택침입에, 강간까지 전과3범이고 2년 전에 출소를
했네요."

성수가 당황해서 아내를 쳐다보았다. 아니나 다를까, 민지
는 원망 가득한 눈빛으로 성수를 쳐다보고 있었다.

"여보, 그게……."

민지는 듣기 싫다는 듯 아이들을 데리고 문을 쾅 닫으며
방으로 들어가 버렸다. 형사들은 머쓱해져서 서로 얼굴을 쳐
다보았다. 성수는 민지를 쫓아 방문 앞까지 갔다가 사람들이
쳐다보고 있다는 것을 깨닫고 우두커니 서서 방문을 쳐다보
았다.

더는 대화의 진행이 어렵겠다고 판단한 형사들은 나중에
다시 연락하겠다며 자리를 떠났다.

관리소장도 경비들을 이끌고 돌아갔다.

사람들이 모두 떠나고 나서야 성수는 현관문을 닫았다. 그
때까지도 아내는 방에서 나와 보지를 않았다.

성수는 거실로 가서 소파에 앉아 아내가 나오기를 기다렸
다.

어느덧 날이 저물었다.

한참 만에 민지가 애들을 앞세워 방에서 나왔다.

아이들은 분위기의 어색함을 느꼈는지 아무 말도 안 하고
조용히 자기들 방으로 들어갔다.

민지는 소파에 넋 놓고 앉아있는 남편을 바라보다가 주방으로 가서 물을 마셨다. 그러고는 그대로 식탁에 앉아서 마찬가지로 생각에 잠겼다.

잠시 어색한 침묵이 흘렀다.

남편이 뭔가 제스처를 해주길 기다리던 민지는 지쳤는지 자리에서 일어났다. 그때 성수도 소파에서 일어났다.

두 내외는 말없이 서로를 쳐다보았다.

성수가 먼저 침묵을 깼다.

“여보, 이야기 좀 해.”

민지는 지친 듯 고개만 끄덕였다.

25

　센서가 작동하며 어두운 복도에 불을 밝혔다.

　누군가가 사람들을 의식한 듯 조용히 계단을 내려왔다. 소란을 틈 타 모습을 감추었던 오토바이 헬멧이었다. 지금까지 어디에 숨어있었는지 아무렇지도 않게 복도를 걸었다. 손에 부러져버린 장대우산 대신에 펜을 쥐고 있었다.

　오토바이 헬멧은 도둑고양이처럼 살금살금 걸음을 옮겼다. 그러다가 어느 집 앞에서 걸음을 멈추었다.

　주변을 흘끔 돌아보더니 펜으로 초인종 밑에다가 뭔가를 적기 시작했다.

　간단한 내용인지 금세 마치고 다른 집으로 걸음을 옮겼다. 마찬가지로 몸을 숙이고 초인종 밑에 뭔가를 적었다.

　오토바이 헬멧은 그 이해할 수 없는 행동을 계속해서 반복했다.

　마치 수도 검침원처럼 집집마다 빠짐없이 들렀다.

　그러다가 마침내 성수의 집 앞까지 왔다.

이번에도 오토바이 헬멧은 초인종 아래에 뭔가를 적었다.

'ㅁ1, ㅇ1, △2'

그리고…….

26

　아내와 이야기를 나누던 성수는 인기척을 느끼고 자리에서 일어나 현관으로 갔다. 잠시 멈춰 서서 긴장한 얼굴로 현관문을 바라보다가 조심스럽게 문을 열었다. 밖에는 아무도 없었다. 성수는 석연치 않은 얼굴로 주변을 살펴보고는 문을 닫고 주방으로 돌아갔다.

　민지가 말없이 성철의 노트를 읽고 있었다.

　식탁 밑에는 성철의 집에서 가져온 박스가 놓여있었다. 박스 안에는 가계부들과 앨범이 들어있었다.

　성수는 의자를 끌어당겨서 아내와 마주 앉았다.

　민지는 여전히 화가 풀리지 않았는지 성수에겐 눈길조차 주지 않았다. 성수는 그런 아내를 바라보며 짧게 한숨을 내쉬었다. 벌써 몇 번이나 아내에게 사과하고 용서를 구했지만 좀처럼 누그러질 기미가 보이지 않았다. 이렇게 화가 난 아내를 보는 것은 처음이었다. 어떻게 해야 할지 몰라 무척 난감했다.

성수는 사과를 하는 사이사이에, 형에 대한 이야기를 했다. 물론 시시콜콜 다 이야기하진 않았다. 지금은 때가 좋지 않아 자칫 아내의 불안만 키운다고 생각했기 때문이다. 그래서 꼭 알아야할 이야기만 골라서 했다. 성수의 생각과는 달리 아내는 그것으로 부족하다고 느끼는 것 같았다. 노트를 보여 달라고 하더니 꼼짝도 하지 않고 벌써 한 시간 가까이 읽는 중이었다. 그러면서 성수가 하는 이야기엔 대꾸도 하지 않았다. 성수는 아내가 자기 이야기를 듣고는 있는지 의문이었다.

"이게 가장 최근 사진이야. 잘 보고 기억해둬."

성수는 항구를 배경으로 찍은 성철의 독사진을 아내에게 내밀었다.

민지는 사진을 보자마자 그 오토바이 헬멧을 떠올렸는지 미간을 찡그리며 입술을 깨물었다.

성수는 말없이 아내의 손을 살며시 잡았다. 그러나 민지는 남편의 손을 거칠게 뿌리치더니 남편을 사납게 노려보았다. 성수는 아내의 지금 심정을 십분 이해하고 있기 때문에 그냥 잠자코 있었다.

문득 고개를 돌리니 자다가 깼는지 수아가 기둥 뒤에 서서 불안한 눈으로 이쪽을 보고 있었다. 성수는 아내를 의식해서 입모양으로만 가까이 오라고 신호를 보냈다. 수아는 아까 겪은 일의 여파가 남아선지, 그게 아니면 두 내외 사이의 어색한 분위기를 읽어선지, 고개를 완강히 가로젓더니 자기 방으로 돌아갔다.

성수는 앞으로 넘어야할 산이 많다고 생각했다.

27

    다음날, 성수는 아침 일찍 이동통신 대리점을 찾아가 휴대 선화 분실 신고를 하고 새로 기기를 받아왔다. 임대용이라서 이전에 쓰던 것보다 구형 모델이었다. 어차피 전화통화 말고는 다른 용도로 쓰는 일은 별로 없었기 때문에 크게 개의치 않았다. 불편하면 나중에 신형 모델을 구입하면 그만이었다.

    성수는 잠시 가게에 들렀다가 오후에는 형이 법률적 자문을 구하던 변호사를 찾아갔다. 몇 해 전에 개업한 조민훈이라는 젊은 변호사였는데 우연히도 대학 시절에 가깝게 지내던 친구의 후배였다.

    성수는 친구의 도움을 받아 어렵지 않게 약속 시간을 잡을 수 있었다.

    "사실 이런 거 함부로 보여드리고 하면 안 되는 건데요."

    말쑥하게 정장을 차려입은 변호사는 난처한 듯 안경을 고쳐 쓰며 성수를 바라보았다. 말은 그렇게 하면서도 이미 선배에게 연락을 받자마자 관련 자료들을 모아놓고 성수를 기다리고 있었다. 민사 전문이라 그런지 아마도 선배에게서 성수가 재력가라는 소리를 듣고 잠정적인 고객 유치 차원에서 협조를 하는 듯했다.

"부탁 좀 드리겠습니다."

성수는 고개를 숙였다.

"선배님이 특별하게 부탁을 해서 도와는 드립니다만, 이게 참……."

변호사는 낮게 헛기침을 하며 서류들을 뒤졌다.

"어디 보자. 백성철이라고 하셨죠. 아, 여기 있네요. 제가 자문해드린 게 맞네요. 아, 생각났습니다."

"그렇습니까?"

"보자, 이게 언제더라. 그래, 2011년 2월."

변호사는 확신에 찬 목소리로 말했다.

"2월이요?"

"네. 그때 어떤 서류를 가지고 왔었어요."

"서류라면……."

성수는 조심스럽게 물었다.

"유서였습니다. 아버님 유서."

유서라는 말에 성수의 얼굴이 딱딱하게 굳었다.

"맞아요. 이제 기억이 납니다. 그때 이런 걸 물어봤습니다. 자기에게도 아파트에 대한 권리가 있냐고."

변호사가 두툼한 서류철을 건넸다. 안을 열어보니 여러 장의 문서와 함께 성수가 살고 있는 아파트의 광고전단지와 사진들이 나왔다.

"근데 이게 좀 재밌었던 게……."

변호사가 잠시 말을 멈추고 동의를 구한다는 눈빛으로 성수를 쳐다보았다. 성수는 조용히 고개를 끄덕였다.

"예, 그게 그러니까 아마 형님 분이 친자였던 거 같은데……."

성수가 동요를 보이자 변호사는 슬쩍 말끝을 흐렸다가 눈치를 살피며 조심스럽게 말을 이었다.

"그리고 동생 분이 입양되신 거고요. 아, 여기 있네요. 일곱 살 때 평택 천사의 집. 맞죠?"

성수가 긴장한 듯 입술을 깨물었다. 형의 이름만큼이나 떠올리고 싶지 않은 곳이었다. 성수의 표정을 살피던 변호사가 조용히 물었다.

"괜찮으세요?"

"아, 예. 계속 말씀하세요."

"너무 걱정 마세요. 몇 번 상담만 해줬어요. 그 분이 돈도 없고……."

변호사가 슬며시 말끝을 흐렸다. 초면인데 왠지 돈만 밝히는 속물처럼 비칠까봐 조심하는 것 같았다.

"가장 최근에 찾아온 게 언제였습니까?"

성수가 물었다.

"글쎄요. 방문은 안 한지 오래 됐고요. 몇 번 연락 온 적은 있어요. 아. 그러고 보니 몇 달 전에 문자를 받았습니다. 그게 마지막이었던 것 같네요."

변호사는 서류들을 정리하다가 뒤늦게 생각났다는 듯 성수를 쳐다보며 말했다.

"문자요?"

성수는 고개를 갸웃했다.

"예, 바로 이겁니다. 혹시, 몰라서 지우지 않았습니다."

변호사는 휴대전화를 꺼내 성철에게 받은 문자 메시지를 보여주었다. 성철이 보냈다는 문자 메시지는 띄어쓰기를 전혀 하지 않아서 알아보기가 힘들었다.

'사정상얼마간연락이안될것같습니다개인적인이유입니다 죄송합니다돌아오면설명드리겠습니다.'

28

변호사 사무실에서 나와 차로 돌아온 성수는 운전석에 멍하니 앉아있었다. 형을 찾는 데 뭔가 단서를 얻지 않을까 싶어 찾아왔지만 그러기는커녕 잊고 싶은 과거만 떠올리고 말았다. 무엇보다 형이 아버지 유서를 가져와 상속문제를 거론했다는 게 마음에 걸렸다. 대체 형이 무엇을 노리고 있는 것일까.

성수는 착잡한 표정으로 대시보드의 수납함을 열어 약병을 꺼냈다. 공교롭게도 약병은 비어있었다. 생각지도 않던 일에 휘말려 사흘간 정신을 뺐더니 약을 챙기는 것도 잊고 있었다. 성수는 신경질적으로 약병을 바닥에 패대기쳤다.

그때 뒤에서 귀에 익은 목소리가 들렸다.

성수는 화들짝 놀라며 뒤를 돌아보았다. 주차장에 누군가가 있었다. 성수는 침을 꿀꺽 삼키고 차에서 내렸다. 그러고는 천천히 뒤로 돌아갔다.

성수는 눈을 크게 떴다.

이미 오래 전에 돌아가신 아버지가 보였다.

그 옆에는 어린 시절의 자신도 있었다.

단순한 환각이 아니었다. 어린 시절에 자신이 겪었던 일이었다. 성수는 과거를 보고 있었다.

"네가 봤다며? 정말 봤어?"

아버지가 어린 성수를 다그쳤다. 어린 성수는 오다가 비를 맞아서 머리와 옷에서 물이 뚝뚝 떨어졌다. 아버지가 어깨를 잡고 흔들자 성수는 불안한 눈으로 맞은편을 보았다. 그곳에는 어린 성철이 똑같이 흠뻑 젖어서 성수를 사납게 노려보고 있었다. 과거의 성수도, 현재의 성수도 그 시선에 움찔하며 뒤로 물러섰다.

"성수라고 했지? 성수야, 말해봐."

남색 제복을 입은 경찰관이 다가와 부드러운 목소리로 물었다. 어린 성수는 흘끗 아버지의 눈치를 살폈다.

"정말 너도 봤어?"

아버지가 다시 물었다.

어린 성수는 우물쭈물 대답을 못하고 현관문을 쳐다보았다.

구경꾼이 너무 많았다. 마을에 사는 사람들을 모두 모인 것 같다. 그중에 성난 얼굴로 성수 부모와 성수를 노려보고 있는 남자가 있었다. 그 남자 옆에는 중학생으로 보이는 여자애가 흠뻑 젖은 채 부들부들 떨고 있었다. 두 부녀는 사람들처럼 문밖에 있는 게 아니라 집 안으로 들어와 있었다. 소파에 앉지도 않고 창가에 서서 어린 성수를 쳐다보고 있었다. 성수는 그들의 시선이 부담스러워 고개를 숙였다.

"아니 물어봐서 뭐 해! 동생인데 자기 형이 그랬다고 하겠어? 물어볼 사람한테 물어봐야지. 그리고 그게 뭐가 중요해. 내 딸이 저 새끼라잖아. 피해자가 제일 정확하지. 더 뭐가 필요하냐고!"

남자는 성철을 가리키며 고래고래 소리를 질러댔다.

"조용히 있어 봐요!"

아버지가 남자에게 소리쳤다.

어린 성수는 슬쩍 현관 쪽을 바라보았다. 엄마 품에 꼭 안긴 성철이 똑같이 비를 맞아서 흠뻑 젖은 몰골로 성수를 사납게 노려보고 있다. 저런 표정은 전에 본 적이 없었다. 성수는 움찔하며 성철의 시선을 피했다.

"말해! 빨리 말해. 형은 아무 짓 안했잖아? 저 누나가 거짓말한 거지?"

엄마가 답답하다는 듯이 성수를 윽박질렀다.

"어머님, 잠깐만요. 애가 불안해하잖아요!"

경찰관이 나섰다.

"괜찮아. 이건 고자질을 하는 게 아니야. 자, 어서 아는 걸

이야길 해봐."

경찰관이 성수의 어깨를 살며시 잡고 눈을 들여다보며 부드럽게 말했다.

성수는 엄마를 보다가 고개를 돌려 여자애를 바라보았다. 다시 엄마의 품에 안겨있는 형을 보았다. 온몸에 두드러기가 돋은 성철의 얼굴이 유난히 무섭게 보였다. 옆에서 엄마는 눈을 감고 주기도문을 외우기 시작했다.

"성수야. 그냥 네가 본 걸 말하면 돼."

경찰관이 타이르듯 말했다.

성수는 고개를 들어 벽에 걸려있는 가족사진을 보았다. 거기에는 아버지와 엄마, 어린 성철만 있을 뿐, 성수의 모습은 보이지 않았다. 경찰관이 성수의 시선을 따라 고개를 돌리더니 가족사진을 보고 뭔가 알겠다는 듯 성수의 머리를 쓰다듬었다.

"걱정하지 마. 너한테는 아무 잘못이 없어. 그냥 사실을 말해주면 되는 거야."

성수는 나직하게 뭔가 중얼거렸다. 너무 작은 목소리라서 제대로 듣지 못한 경찰관이 다시 물었다.

"뭐라고?"

성수는 흘끔거리며 더듬더듬 대답했다.

"혀, 형이었어요."

사람들이 술렁거렸다. 마치 그럴 줄 알았다는 반응이었다. 아버지가 형을 사납게 노려보았고, 엄마는 이마를 짚으며 그대로 주저앉았다.

"아니야! 거짓말이야! 거짓말이라고! 난 안 그랬어."

성철이 억울하다는 듯 고함을 질렀다. 그러다가 갑자기 엄마를 뿌리치고 성수에게 달려들었다. 미처 말릴 틈도 없이 성철이 어린 성수를 넘어뜨리고 그 위에 올라탔다, 성철은 결백을 주장하며 어린 성수의 목을 힘껏 졸랐다. 아버지와 경찰관이 달려와 말렸지만 막무가내였다. 계속 소리를 지르며 어린 성수를 윽박질렀다.

"안 돼!"

성수가 소리를 지르며 과거의 어린 성철에게 달려갔다.

성철의 모습이 거짓말처럼 사라졌다. 어린 시절의 자신도, 부모도, 경찰관과 그 부녀도 모두 사라졌다.

성수는 그대로 주저앉았다.

이제야 형이 무엇 때문에 이러는지 알 것 같았다. 수십 년 전의 일을 가지고 자신에게 복수를 하려는 것이다.

성수는 숨을 거칠게 몰아쉬었다.

"두고 봐, 난 안 뺏겨. 절대로……."

민지는 수아를 데리고 초등학교 정문 앞에서 호세를 기다렸다. 다른 학부모들도 나와 아이들을 기다렸다.

학교에서 아파트까지는 고작 세 블록밖에 떨어지지 않았다. 마을버스를 타면 두 정거장이었고, 통학로도 큰길가에 있었다. 평소 같으면 호세 혼자서 귀가하도록 내버려뒀겠지만 어제 그런 일을 겪은 뒤로는 온종일 마음이 놓이지 않았다. 불안에 떠느니 직접 마중을 나오는 게 낫겠다 싶어서 어린이집에 들러 수아를 데리고 근처 패스트푸드점에서 점심을 먹은 뒤, 하교시간에 맞춰 학교로 찾아왔다.

"엄마, 오빠 언제 나와?"

수아가 기다리기 지친다는 듯 엄마를 쳐다보며 물었다.

민지는 수아의 머리를 쓰다듬었다.

"기다려봐, 금방 나올 거야."

"나, 배고픈데."

"배고파? 조금 전에 햄버거 먹었잖아. 근데 벌써 배가 고파?"

"배고파, 배고파."

수아가 떼쓰려고 하자, 민지는 알았다는 듯 고개를 끄덕였다.

"알았어. 조금만 참아. 오빠 오면 그때 맛있는 거 먹자."

"그럼, 피자!"

"넌 어떻게 맨날 피자야."

"맛있으니까."

"그래, 알았어."

"와, 피자다! 피자! 피자!"

"그렇게 좋을까."

민지는 수아를 보며 고개를 흔들었다.

"아, 이제 오빠 나오려나 보다. 수아야, 잘 찾아봐."

"응."

종소리가 울리고 얼마 지나지 않아, 아이들이 하나둘 운동장으로 나오기 시작했다.

민지는 초조한 눈빛으로 호세를 찾았다. 일부 아이들이 마중 나온 부모를 발견하고 환하게 웃으며 뛰어왔다.

"이상하네. 나올 때가 되었는데……."

아직까지 호세는 보이지 않았다.

민지는 수아를 잡은 손에 자기도 모르게 힘을 주었다.

“엄마, 아파. 아프다고.”

수아가 아프다고 얼굴을 찡그렸지만 호세를 찾는 데만 정신이 팔렸다.

그사이에 운동장을 걸어오는 아이들이 눈에 띄게 적어졌다. 여전히 호세의 모습은 보이지 않았다. 비슷하게 생긴 아이도 없었다.

‘왜 안 나오는 거지, 왜…….’

민지의 표정이 점점 어두워졌다. 결국 불안해진 민지는 수아의 손을 잡고 교실로 성큼성큼 걸었다.

“그럴 리 없어. 그럴 리 없을 거야…….”

민지는 걸음을 옮기면서 불안한 목소리로 중얼거렸다.

30

　집으로 돌아온 성수는 비밀번호를 누르려다가 전날 민지가 번호가 바꿨다는 걸 상기하고 잠시 멈춰서 기억을 더듬었다. 그러다가 초인종 밑에서 뭔가를 발견하고 멈칫했다. 성수는 깜짝 놀라서 눈을 크게 떴다.

　'□1 ○1 △2'

　성철의 아파트에서 봤던 것과 똑같은 표식이었다. 휘갈겨 쓴 필체까지 똑같았다. 성수는 떨리는 손가락으로 낙서를 더듬었다.

　"남자 한 명, 여자 한 명, 아이 두 명, 그리고……."

　순간 숨이 멎는 것 같았다. 기호들 끝에 진하게 'V'라고 표시되어있었다. 성수는 급히 앞집을 확인해보았다. 마찬가지로 초인종 밑에 낙서가 있었다. 앞집에는 애는 없고 두 부부만 살고 있다.

　'어떻게 된 거야. 왜 이 표식이 우리 아파트에도 있는 거지. 무엇 때문에, 누가 이런 짓을 한 거야. 대체, 누가!'

　성수는 입술을 깨물었다. 기호와 가족 수가 일치했다. 성수는 다른 집도 확인해보려고 계단을 뛰어 내려갔다.

　다른 집에도 똑같은 표식이 있었다. 누군가가 한 집도 빠짐없이 모두 표식을 해놓았다. 한 가지 다른 점은 'V'라고 표시한 집은 성수의 집이 유일했다.

　'설마, 형이 그런 것일까? 그렇다면 그 오토바이 헬멧은 형이었다는 이야기인가.'

　성수는 덜컥 겁이 났다.

　2층까지 내려온 성수는 205앞에서 멈칫했다.

　초인종 아래에 'ㅁ1'라는 표식이 있었다. 그런데 그게 전부가 아니었다. 그 옆으로 'V'라는 표시가 보였다.

　잠시 고민하던 성수는 초인종을 눌러보았다. 한참을 기다렸지만 안에선 아무런 소리도 들리지 않았다. 아래를 보니, 문 앞에 조간신문이 잔뜩 쌓여있다. 집주인이 오랫동안 집을 비운 모양이었다. 성수는 더듬어 205호에 누가 살고 있는지 기억을 더듬어보았다. 이름은 모르고, 오가다가 두어 번쯤 마주친 우락부락한 사내가 떠올랐다. 무슨 일을 하는지는 모르지만 금목걸이 같은 장신구를 주렁주렁 달고 항상 작은 가죽가방을 옆구리에 끼고 다녔다. 한눈에 봐도 불량스러운 분위기가 물씬 풍기는 사내여서 성수는 일부러 통성명도 하지 않았다.

　그때 아침에 이동통신 영업점에서 새로 받아온 휴대전화가 진동을 울렸다. 집에서 걸려온 전화였다. 아내가 집에 있었던 모양이다.

"여보세요. 당신, 집에 있었어? 그럼 괜히……."

　성수는 말을 하다가 말고 멈추었다. 아내의 숨소리가 거칠었기 때문이다. 무슨 일인지 몹시 떨고 있는 것 같았다.

"여보, 호세가 없어. 없어졌어!"

　민지가 다급하게 외쳤다.

"없어졌다니, 그게 무슨 소리야?"

　성수가 되물었다.

"그게 학교에서 기다렸는데, 근데 먼저 집에 갔다 그랬는데, 근데 집에 와보니 호세가 없는 거야. 어떡하지? 여보, 어떡하지?"

"핸드폰은? 전화해봤어?"

"전화도 안 돼."

　민지는 거의 울먹거렸다.

"여보, 침착해. 별일 아닐 거야."

"어떻게 별일이 아니야! 애가 없어졌는데."

　민지가 흥분을 감추지 못하고 버럭 소리를 질렀다.

　성수는 나직이 한숨을 내쉬고 말을 이었다.

"호세 친구들한텐 해봤어? 아니면 CCTV로 찾아봐. 여기

어딘가에서 친구들과 놀고 있을지도 모르잖아.”

“CCTV?”

“그래, 조작법은 알지? 간단해.”

“어, 알고 있어. 잠시만.”

수화기 너머로 민지가 자리를 옮기는 소리가 들렸다. 그러고는 한동안 말이 없었다. 성수는 초조하게 기다리다가 계단으로 1층까지 내려갔다. 마냥 기다리느니 직접 찾아보는 게 낫다고 생각했다. 평소 호세를 생각하면 분명히 근처 어딘가에서 놀고 있으리란 확신이 있었다. 성수는 급한 마음에 두세 계단씩 뛰어서 내려갔다. 아내에게는 별일 없을 거라고 말은 했지만 불안하긴 성수도 마찬가지였다.

이윽고 건물 밖으로 나왔을 때, 아내가 흥분한 목소리로 외쳤다.

“찾았어! 여보, 찾았어!”

“어디야?”

성수가 물었다.

“놀이터야. 놀이터에…….”

갑자기 아내가 말끝을 흐렸다.

“뭐야, 왜 그래?”

“그, 그놈이야! 그놈이 다시 나타났어!”

민지가 다급하게 외쳤다.

“그놈이라니? 설마……”

“맞아! 지금 놀이터에 있어. 호세, 바로 뒤에!”

거기까지 말하고 아내가 전화를 끊었다.

성수도 놀이터로 뛰기 시작했다.

놀이터가 가까워지자 정글짐 주변에 서성이고 있는 오토바이 헬멧이 보였다. 마침 근처에서 최 씨가 순찰 중이었다.

“아저씨! 저 사람, 잡아요!”

성수가 최 씨에게 소리를 질렀다.

최 씨는 멀뚱히 서서 무슨 소리냐는 듯 성수를 바라보았다.

“잡으라고!”

성수는 오토바이 헬멧을 가리키며 버럭 고함을 질렀다. 그러자 오토바이 헬멧이 당황하며 달아나기 시작했다. 최 씨는 뭔가 싶었지만 분위기가 이상해서 소리를 지르며 오토바이 헬멧을 쫓아갔다.

성수는 오토바이 헬멧의 도주를 지켜보다가 지름길을 찾아서 뛰기 시작했다. 다행히 오토바이 헬멧은 이곳 지리에 익숙하지 않는 듯했다. 쫓고 쫓기는 경비와 오토바이 헬멧의 간격도 조금씩 줄어들고 있었다.

“거기 서, 이 새끼야!”

최 씨가 몸을 날렸지만 간발의 차이로 놓치고 말았다. 오토바이 헬멧이 뒤를 흘끔 보는 사이에, 화단을 가로지르며 성수가 바로 옆에서 튀어나왔다. 깜짝 놀란 오토바이 헬멧이 멈칫하자, 금세 뒤따라온 최 씨가 달려오던 탄력을 그대로 실어 오토바이 헬멧의 옆구리를 안고 바닥에 쓰러뜨렸다.

"움직이지 마. 가만히 있어."

성수는 몸부림치며 일어서려는 오토바이 헬멧의 등을 두 손으로 힘껏 짓눌렀다. 저만치에서 민지가 소리를 지르며 달려왔다. 호세와 수아도 엄마를 따라와서 이쪽으로 뛰어왔다. 아이들만 집에 놔두기 불안해서 데리고나온 모양이었다.

"백성철! 가만히 있으라고!"

성수가 고함을 지르며 헬멧을 벗겨냈다. 당연히 형일 거라고 확신했던 성수는 헬멧 아래로 드러난 앳된 얼굴을 보고 당황해서 주춤주춤 뒤로 물러섰다. 아무리 많아봐야 스물 살도 채 될 것 같지 않은 어린 소년이었다.

"이럴 리가 없는데……."

성수가 아내를 쳐다보았다.

"야!"

그때 아내가 갑자기 소년에게 달려들었다. 너무 갑작스러워서 미처 말릴 틈도 없었다.

"너, 뭐야! 왜 그랬어? 우리한테 왜 그랬냐고!"

민지가 오해하고 소년의 멱살을 잡고는 거칠게 흔들었다.

지난번의 그 오토바이 헬멧과 동일인이라고 생각하고 마치 그때 일을 되갚아주려는 것 같았다.

"뭐가요? 왜 이러세요, 아줌마. 내가 뭘 잘못했다고 이러세요. 이거 좀 놔요!"

소년이 항변하며 민지를 뿌리쳤다.

"그럼 왜 도망갔어?"

성수가 물었다.

"그긴, 아서씨가 갑자기 소리를 지르면서 저 잡으라고 했잖아요. 경비 아저씨도 뛰어오고. 무서워 그랬죠."

소년이 억울하다는 듯이 말했다. 표정만 보면 거짓말을 하는 것 같진 않았다.

"여기 살아? 처음 보는 얼굴인데."

최 씨가 옆에서 소년을 훑어보더니 미심쩍다는 투로 물었다. 소년은 그건 아니라며 고개를 가로저었다.

"저, 여기 안 사는데요."

"봐, 여기 사는 것도 아니라잖아. 얘가 틀림없어. 헬멧도 똑같잖아. 너! 지금 거짓말하고 있는 거지? 그치?"

민지가 다시 목소리를 높였다. 소년은 민지의 서슬에 움찔하며 도움을 청하듯 최 씨에게 바짝 붙어 섰다.

"여보, 잠깐만. 애는 아닌 거 같아."

성수가 말했다.

"무슨 소리야. 당신이 어떻게 알아. 내가 알아. 내가 똑똑히 봤어. 분명히 이 헬멧이었다고. 이거랑 똑같단 말이야. 보면 몰라. 얘, 지금 거짓말을 하고 있잖아. 당신은 아무것도 몰라. 모른다고!"

민지는 격앙된 목소리로 남편에게 따졌다. 연이틀 험한 일을 겪어선지 평소랑 다르게 쉽게 흥분했다.

"알아, 알겠는데 얘는 아니야."

성수가 타이르듯이 말했다.

그때 근처 여고 교복을 입은 여자아이가 황급히 뛰어왔다. 소년과 아는 사이 같았다.

"오빠!"

"희정아……."

소년은 구세주라도 만난 듯 울먹거렸다.

"아저씨들 뭐에요. 우리 오빠한테 왜 이러는 건데요?"

여자애가 눈을 흘기며 최 씨와 성수에게 따지고 들었다.

"아는 사이니?"

성수가 물었다.

"네, 남자 친군데요."

여자애는 가슴을 펴고 당당하게 말했다.

"남자 친구라고."

주변이 시끄러워졌다.

갑작스런 소란에 사방에서 사람들이 모였다. 경비들도 하나둘 나타나기 시작했다. 관리소장도 얼굴을 비추었다.

성수는 당황해서 사람들을 쳐다보았다. 그 옛날, 마을 사람들이 집으로 찾아왔던 때랑 너무 흡사했다.

"아니, 해도 해도 너무 하시잖아요."

최 씨한테 자초지종을 들은 관리소장이 굳은 얼굴로 볼멘소리를 했다.

"뭐가요?"

민지가 관리소장을 노려보았다.

"저희는 해달라는 대로 다 해줬습니까. 그런데 이렇게 매번 문제를 일으키면 저희들 입장이 참 곤란해집니다. 보세요, 주민들이 불안해하잖습니까. 혼자 사시는 데도 아니고 공동주택인데 지켜줄 건 지켜줘야지요."

"이거 보세요. 우리도 주민이에요. 지금 누구한테 이래라저래라 하는 거죠? 애가 없어졌는데 그만 가만히 있어요? 어제 그런 일을 겪었는데 제 마음이 놓이겠어요? 그쪽 같으면 그럴 수 있어요?"

민지가 거칠게 따졌다.

"그래도 그 뒤론 별일 없었잖습니까. 이젠 그놈도 없을 겁니다. 그만 좀 하세요."

관리소장이 단언하듯 말했다.

“별일? 별일이라고요. 애초에 그쪽에서 관리를 잘 했으면 이런 일도 안 생겼죠. 그러라고 매달 관리비를 내는 거 아닌가요. 그럼 값을 해야죠.”

말문이 막힌 관리소장은 불쾌하다는 듯 성수를 쳐다보았다.

“그 낙서는 뭡니까?”

성수가 물었다.

“네?”

관리소장이 당황해서 되물었다.

“낙서 말입니다. 우리 동 전체에, 집집마다 낙서를 했잖아요. 초인종 밑에. 모르셨습니까? 그럼 확인해보세요. 제 말이 틀린가.”

“그게 무슨……”

관리소장은 말을 제대로 잇지 못했다.

옆에서 성수의 이야기를 듣고 주민들이 동요하기 시작했다. 불안은 전염병처럼 급격하게 퍼지기 시작했다. 특히 성수랑 같은 동에 사는 사람들은 성수의 이야기가 맞는지 확인하려는 듯 서둘러 집으로 돌아갔다.

분위기가 일단락되자, 성수는 그제야 생각났다는 듯 아내를 쳐다보았다.

“나올 때 문은 어떻게 했어?”

민지는 대답을 못했다. 갑자기 표정도 어두워졌다.

"그게……."

그러면서 아이들을 쳐다보았다. 호세와 수아는 누가 먼저랄 것도 없이 동시에 고개를 가로저었다. 아무도 문단속을 하지 않은 것이다.

"이 사람이 정말……."

성수는 혀를 차고 황급히 집으로 뛰어갔다. 민지도 불안한 얼굴로 아이들을 데리고 남편을 쫓아갔다.

31

놀이터에서 조금 떨어진 곳의 벤치.

배가 불룩 튀어나온 장발의 남자가 껌을 질겅질겅 씹으며 헐레벌떡 뛰어가는 성수 가족을 물끄러미 쳐다보았다.

"새끼, 좋은 데서 살고 있네. 예쁜 마누라도 있고……."

그는 성수가 건물 안으로 들어가는 것을 확인하고 자리에서 일어섰다. 그러고는 관리실을 지나 유유히 아파트 단지 밖으로 나왔다. 남자는 계속해서 대로변을 더 걷다가 작은 공터에서 걸음을 멈췄다.

구석에 낡은 경차 한 대가 서 있었다.

어제, 성철의 아파트에서부터 민지를 쫓아왔던 그 차량이었다.

남자는 주변을 흘끔거리더니 차로 걸어갔다.

"기다려라, 다 갚아줄 테니까."

남자가 중얼거리며 차에 올라탔다.

32

　엘리베이터에서 내린 성수는 현관문이 활짝 열려있는 것을 보고 소스라치게 놀랐다. 출입구에는 신발들이 어지럽게 널려져 있었다. 민지가 서둘러 나오느라 그럴 수도 있겠지만 마음이 놓이지 않았다.

　성수는 성큼성큼 집 안으로 들어갔다. 그 뒤로 민지와 아이들이 주춤주춤 조심스럽게 따라갔다.

　성수는 신발장을 열어 장대우산을 꺼내 오른손에 쥐었다.

　곧바로 안방부터 들어갔다. 성수는 방 안을 꼼꼼히 살핀 후, 아이들 방도 확인했다. 마찬가지로 수상한 점은 보이지 않았다. 이어서 드레스 룸으로 갔다. 옷장을 열어보았다. 수납함도 하나하나 열어보았다. 별다른 소득이 없자 거실을 지나 베란다로 갔다. 세탁기를 열어서 확인해보았다. 다용도실도 이상이 없었다. 다시 나와 주방으로 가서 냉장고를 열었다. 싱크대도 열어보고 아일랜드 식탁 밑도 확인해보았다.

　어디에서도 수상한 점은 찾을 수 없었다.

“이 새끼, 어딘가에 숨어있을 거야.”

하지만 성수는 계속 뭔가를 강박적으로 찾아다녔다.

불안해진 민지가 조용히 남편을 불렀다.

“여보…….”

창밖에선 마치 민지의 심리상태를 대변하듯 까맣게 먹구름이 몰려오고 있었다. 별안간 벼락이 번뜩이더니 천둥소리가 요란하게 울렸다. 그 바람에 깜짝 놀란 수아가 비명을 질렀다. 겨우 정신을 차린 성수는 아내와 아이들을 쳐다보았다. 그러다가 문득 신발장 옆에 세워둔 거울을 보았다. 성수는 거울 속에 비친 자기 모습이 마치 다른 사람처럼 낯설게 느껴졌다. 그건 마치 살의로 가득한 얼굴이었다.

성수는 자기 모습에 놀라 우산을 떨어뜨렸다.

그때 다시 벼락이 치며 귀청을 찢는 천둥소리가 들렸다.

성수는 불안한 눈빛으로 창밖을 보았다. 그 순간, 삽시간에 시커멓게 변한 하늘에서 장대비가 쏟아지기 시작했다.

33

　빗속을 뚫고 달려온 검정색 대형승용차가 아파트 1층 출입구 앞에 정차했다. 평소에 1층 주차라인은 사고에 대비해 구급차나 소방차가 언제든 주차할 수 있도록 비워두는 게 원칙이었지만 차를 몰고 온 사람은 아랑곳 않고 시동을 껐다. 키만 껑충하니 크고 비쩍 마른 남자가 차에서 내리더니 트렁크에서 큼직한 여행 가방을 꺼내 질질 끌며 아파트로 들어갔다.

　남자는 40대로 보였는데 머리에 포마드를 발라 올백으로 넘기고 하얀 양복에 백구두를 신었다. 나이에 걸맞지 않게 번쩍번쩍 빛나는 금목걸이를 목에 걸고 손목에도 명품 금장시계를 차고 있었다.

　"여보세요? 어, 나다. 그래, 방금 도착했다. 한국에 오니까 진짜 춥다. 적응이 안 되네. 이 나라는 정말 나랑 안 맞는 거 같아. 어, 그래? 알았어. 바꿔줘."

　남자는 어딘가로 전화를 걸면서 205호 우편함을 살폈다.

수북하게 쌓인 우편물들을 확인해보더니 그다지 중요한 게 없는지 그냥 바닥에 내버렸다.

"그래, 혜진아. 아저씨도 마찬가지야. 응, 아저씨는 벌써 우리 혜진이가 보고 싶어지는데 어떡하지. 그냥 다시 그리로 돌아갈까?"

남자가 엘리베이터 버튼을 눌렀다. 고작 한 층을 올라가는 데도 계단을 이용하기 귀찮다는 듯했다.

"어떻게, 아저씨가 그리고 갈까. 거기서 혜진이랑 같이 살까? 혜진이 생각은 어때, 응?"

상대에게 무슨 이야기를 들었는지 남자는 호탕하게 웃으며 엘리베이터를 올라탔다. 금세 엘리베이터에서 내린 사내는 문 앞에 수북하게 쌓인 신문을 보더니 발로 툭 걷어차고 도어 록의 비밀번호를 눌렀다.

"그래, 알았어. 내일 다시 또 통화하자. 잘 자요, 우리 애기."

남자는 경망스럽게 휴대전화에 입까지 맞추고는 전화를 끊고 집 안으로 들어갔다.

"귀여운 것 같으니."

남자는 여행 가방을 아무렇게나 내팽개치고 소파에 몸을 던졌다. 그러고는 그 자세에서 요령껏 옷을 벗었다. 탁자에서 리모컨을 찾아 오디오를 켰다. 스피커에서 흘러나오는 트로트가요를 흥얼거리며 따라 부르다가 목이 마른지 소파에서 일어나 주방으로 갔다.

"어라."

냉장고를 열어본 남자는 고개를 갸웃했다. 오랜만이라 그런지 어딘가 달라진 것 같다. 마치 누군가의 손길을 거친 듯 냉장고 안은 흐트러진 물건 하나 없이 너무 깔끔하게 정리되어 있었다. 이상하게 생각하며 맥주를 꺼내 거실로 돌아왔나. 남자는 맥주를 한 모금 마시고 나서 오디오를 끄고 TV를 켰다. 화면이 밝아지자 쇼 호스트가 등장해 주방도구를 소개하고 있었다. 홈쇼핑 채널이었다.

"뭐야, 이건."

남자는 인상을 찌푸렸다. 평소에 즐겨보던 채널이 아니었다. 그보다 남자는 지금껏 단 한 번도 쇼핑채널을 본 적이 없었다. 남자는 신경질적으로 리모컨 버튼을 눌러 스포츠 채널로 바꿨다.

'시차적응 때문인가.'

왠지 모르게 찜찜한 기분에 사로잡힌 남자가 다시 맥주를 마시려고 캔으로 손을 뻗는데 별안간 뒤에서 덜컹거리는 소리가 들렸다.

남자는 깜짝 놀라 뒤를 돌아보았다.

무슨 영문인지 베란다 창문이 열려서 비바람이 들이치고

있었다. 블라인드가 흔들리면서 창에 계속 부딪혔다.

"이상하네. 이게 왜 열려있지?"

남자는 베란다로 가서 창문을 닫았다. 그러고는 불안한 눈빛으로 집 안을 한 번 둘러보았다. 당연한 것이겠지만, 집 안에는 자기 말고는 아무도 없었다. 그냥 기우에 불과했다. 그럼, 그렇지. 남자는 고개를 주억거리며 소파로 돌아왔다. 다시 맥주를 마시며 TV를 시청했다. 그런데 장시간 비행기를 이용한 탓인지 TV가 눈에 들어오지 않았다. 그사이에 알코올 기운이 퍼져서 갑자기 졸음이 쏟아졌다. 눈을 비벼가며 꾸뻑거리던 남자는 더는 못 참겠는지 들어가서 잠을 자려고 TV의 전원을 껐다.

그때 어두워진 화면에 등 뒤에서 누군가가 서 있는 모습이 비쳤다. 오토바이 헬멧을 쓰고 있어서 누군지 알아볼 수가 없었다. 게다가 오른손에는 식칼을 쥐고 있다!

"누, 누……누구야!"

깜짝 놀란 남자는 눈을 치켜뜨며 뒤를 돌아보았다.

순간, 푹 하고 식칼이 남자의 목에 꽂혔다.

핏물이 분수처럼 솟구치며 소파와 테이블을 적셨다.

남자는 눈을 부릅뜨고 목을 움켜쥐며 그대로 주저앉았다.

오토바이 헬멧이 남자에게 다가가 다시 식칼을 휘둘렀다.

34

　성수는 거세게 창을 두드리는 빗소리에 잠을 이루지 못했다. 자꾸만 옛날 일이 떠올라 마음이 심란했다.

　결국 성수는 잠든 아내를 두고 침대에서 살며시 내려와 거실로 나갔다. 소파에 앉아서 무릎을 끌어안고 골똘히 생각에 잠겼다. 그러다가 문득 고개를 드니 베란다 창문으로 현관문 옆 인터폰의 빨간 불빛이 비쳐보였다. 처음에는 의식하지 않았는데 한번 눈길을 주니 계속 신경이 쓰였다.

　마음이 더 심란해진 성수는 불빛을 가리려고 소파에서 일어났다. 그때 어둠속에서 누군가가 지나가는 게 느껴졌다. 고개를 돌린 성수는 자기 눈을 의심했다. 성철이 불 꺼진 주방에서 홀로 식탁에 앉아 양주를 꺼내 마시고 있었다. 갑자기 주방이 환하게 밝아졌다. 수아와 호세가 웃으면서 달려와 식탁에 마주 앉았다. 곧이어 민지도 과일을 담은 접시를 들고 성철에게 다가가더니 아무렇지도 않게 옆에 앉았다. 네 사람은 무슨 얘기를 나누는지 웃음을 터뜨렸다. 마치 단란한

가정의 모습을 보는 것 같았다. 거기에는 성수가 끼어들 자리가 없어보였다. 믿을 수 없는 표정으로 지켜보던 성수는 성큼성큼 그쪽으로 걸어갔다.

그때 뭔가 넘어지는 소리가 들렸다. 바깥 베란다에 있던 화분이 비바람에 넘어지는 소리였다. 다시 주방으로 고개를 돌린 성수는 눈을 크게 떴다. 그곳엔 아무도 없었다. 불도 꺼진 상태였다. 어안이 벙벙해진 성수는 우두커니 서 있었다.

이번에는 어딘가에서 물이 떨어지는 소리가 들렸다.

소리는 점점 커졌다.

성수는 소리가 나는 쪽으로 움직이려했지만 몸이 말을 듣지 않았다. 고개도 움직이지 않았고 손가락 하나 까딱할 수 없었다. 마치 가위에 눌린 것 같았다. 성수는 눈을 감았다. 그렇게 눈을 감고 주기도문을 외우기 시작했다.

그때 성수의 정수리로 물방울이 떨어졌다.

한 방울,

두 방울…….

물 떨어지는 소리가 점점 빨라지면서 성수의 몸도 조금씩 움직이기 시작했다. 마침내 손가락을 움직이는 데 성공한 성수는 반사적으로 고개를 들어 천장을 올려다보았다. 순간 성수는 헉, 하고 신음을 토했다. 어둠속에서 뭔가 시커먼 것이 천장을 기어 다니고 있었다. 너무 놀라 움찔하는 사이에, 쑥

하고 갑자기 장발의 사내가 거꾸로 내려와 성수를 덮쳤다.
사내는 그대로 성수를 깔고 앉아서 목을 조르기 시작했다.

사내가 뭔가를 중얼거리려는 듯 입술을 달싹거렸다.

성수는 눈을 크게 떴다.

사내가 입을 벌리더니 토사물을 성수 얼굴에 쏟아냈다.

성수는 두 손을 마구 휘저으며 비명을 질렀다. 그러다가
정신을 차리고 눈을 떠보니 사내의 모습이 사라지고 없었다.
일굴에 쏟아졌던 토사물도 보이지 않았다. 성수는 숨을 몰
아쉬며 베란다 창문에 비친 자신을 보았다. 흡사 귀신이라도
본 것 같은 얼굴로 거실 한가운데에 우두커니 서 있었다. 식
은땀이 흘렀다. 성수는 불안한 눈으로 집 안을 둘러보았다.
쥐 죽은 듯 고요하기만 했다. 손등으로 이마의 땀을 훔치며
안방으로 걸음을 옮겼다.

그때 다시 물 떨어지는 소리와 함께 낮은 목소리로 중얼거
리는 소리가 들렸다. 잘못 들었나 싶어 걸음을 멈추고 귀를
기울였다. 그러자 소리가 더 명료해졌다. 고개를 두리번거리
던 성수는 문득 발밑이 축축해져서 바닥을 내려다보았다. 언
제 어디서 생겼는지 물이 떨어져 있었다. 마치 발자국처럼
보였다. 시선으로 그 흔적을 따라가던 성수는 안방으로 이어
진다는 것을 확인하고 소스라치게 놀랐다. 성수는 생각할 겨
를도 없이 신발장으로 달려가 골프채 하나를 뽑아들었다. 그

러고는 골프채를 쥐고 안방으로 다가갔다. 방 안에서 누군가 어눌하고 희미한 목소리로 중얼거리고 있었다.

"여긴 내 집이야."

분명히 그렇게 말하고 있었다.

성수도 무의식중에 그 말을 따라하며 천천히 문을 열었다.

"여긴 내 집이야."

심호흡을 하고 안을 들여다보았다. 비에 흠뻑 젖은 성철이 침대 위에 걸터앉아서 낮은 목소리로 중얼거리고 있었다.

"여기는 내 집이야. 여기는 ……."

성수는 숨을 삼키며 눈을 크게 떴다.

성철이 고개를 돌리더니 성수를 보고 비릿하게 웃었다. 보란 듯이 잠든 민지 옆에 누워 두 팔로 그녀를 안으며 성수를 쳐다보았다. 성철이 다시 중얼거렸다.

"다 내꺼야……."

성철이 조용히 웃었다.

순간, 성수는 참지 못하고 고함을 지르며 골프채로 침대를 사정없이 내리쳤다. 충격으로 시트가 크게 출렁거렸다. 갑자기 민지의 비명소리가 터져 나왔다.

"꺄악! 지금 무슨 짓이에요!"

성수는 퍼뜩 정신을 차리고 침대를 쳐다보았다.

성철이 보이지 않았다. 아내가 겁에 질린 얼굴로 성수를 쳐다보고 있었다. 성수는 아내를 무시하고 눈을 희번덕거리며 방 안을 훑었다. 마치 방 안 어딘가에 누군가가 숨어있다는 듯이 구석구석을 뒤지기 시작했다. 아내가 그만하라고 소리를 질렀지만 멈추지 않았다. 아무런 소득이 없자 성수는 골프채로 허공에 휘두르며 고래고래 소리를 지르기 시작했다.

"나와, 이 새끼야! 백성철, 여기에 숨어있는 거 다 알아. 당장 뛰어 나와. 숨어있지 말고 어서 나오라고! 여긴 내 집이야, 내 집이라고. 네가 있을 곳이 아냐. 당장 꺼져! 여기서 사라지라고, 개새끼야!"

아이들이 우는 소리가 들렸다. 돌아보니 문 앞에 서서 호세와 수아가 겁에 잔뜩 질린 얼굴로 아빠를 쳐다보며 울고 있었다.

"그만!"

민지가 소리를 질렀다.

망연자실해진 성수는 팔을 늘어뜨리더니 골프채를 바닥에 떨어뜨렸다. 그러고는 자기도 불가항력이었다는 듯이 아내와 아이들을 쳐다보았다.

"나도 더 이상은 못 참겠어. 여기선 도저히 더 못 살겠다고! 나하고 애들은 다시 미국으로 돌아갈 거니까! 당신은 당신 마음대로 해."

민지가 악을 쓰며 소리를 질렀다.

"여보, 나는 그게……."

성수는 뭐라고 말을 하면 좋을지 몰랐다. 아빠와 눈이 마주치자 아이들이 움찔하며 뒷걸음질을 쳤다.

"얘들아, 아빠가……."

35

뜬눈으로 밤을 새운 성수는 날이 밝자마자 외출 준비를 했다. 욕실에서 약을 챙겨먹고 양치질을 하고 나오니 수아와 호세가 멀뚱히 서서 아빠를 기다리고 있었다.

"아빠, 어디 가?"

수아가 물었다.

"응, 꼭 다녀와야 할 곳이 있어. 저번에 아빠랑 갔던 옛날 아파트 기억하지? 거기 좀 다녀올 거야."

"꼭 가야해?"

성수는 웃으면서 수아의 머리를 쓰다듬었다.

"오래 걸려?"

호세가 물었다.

"아냐, 오래 걸리지 않을 거야. 그래도 지금 엄마가 정신도 없고 그러니까 호세가 엄마랑 동생, 잘 지켜야 해? 남자잖아. 어때, 그럴 수 있지? 우리 수아도 엄마랑, 오빠 말 잘 들을 수 있지?"

성수는 그렇게 말하고는 여전히 나와 보지도 않는 아내에게 서운한 듯 안방을 흘끔 쳐다보았다.

"그럼 아빠 금방 다녀올게. 문단속 잘하고 있어. 수상한 사람이 찾아오면 절대 문 열어주지 말고."

"응, 알았어."

두 아이는 고개를 끄덕였다.

성수는 아이들에게 몇 가지 당부를 더 하고 안방으로 갔다. 민지는 침대 위에서 등을 돌리고 누워 꼼짝도 하지 않았다. 성수는 아내에게 뭔가를 이야기하려다가 생각을 고치고 짧게 한숨을 내쉬며 안방에서 나왔다.

"아빠, 간다."

성수는 아이들에게 인사를 하고는 집을 나왔다. 흘끔 앞집을 보니 초인종 밑에 낙서가 지워져 있었다. 엘리베이터 버튼을 누르고 기다리는데 아래층에서도, 위층에서도 뭔가 박박 문지르는 소리가 들렸다. 아마도 초인종 밑의 낙서를 지우는 모양이었다. 엘리베이터가 도착해서 올라탔더니 이면지에 인쇄한 공고문이 보였다. 주변에 수상한 사람이 돌아다니고 있으니 주의하라는 내용이었다. 하단에는 엘리베이터의 감시카메라에 찍힌 오토바이 헬멧의 사진이 있었다. 성수는 물끄러미 바라보다가 무슨 생각에선지 공고문을 떼어내 두 번을 접어서 지갑에 넣었다. 그러고는 엘리베이터에서 내려 차로 걸어갔다.

성수는 차를 끌고 나와 먼저 카페부터 들렀다.

진주에게 며칠 자리를 비울 수도 있으니 가게를 잘 봐달라고 부탁했다. 가능하면 영업시간 내내 자리를 지켜달라고 하자, 처음에는 노골적으로 싫은 내색을 비쳤다. 그러다가 성수가 다음 달부터 정식으로 매니저를 맡기겠다고 약속하자 언제 그랬냐는 듯이 금세 생글생글 웃으면서 흔쾌히 승낙했다. 성수는 오전 내내 전표를 정리한 뒤 은행을 찾아가 며칠 간 밀린 업무를 보고, 늦은 오후가 되고 나서야 겨우 출발할 수 있었다.

성수는 앞으로 처리할 일들을 머릿속으로 정리하며 성철의 아파트로 차를 몰았다. 고속도로를 이용했는데 길이 막히지 않아 생각보다 빨리 도착했다.

차에서 내린 성수는 트렁크에서 골프채를 꺼냈다. 남이 보면 이상하게 여길 수도 있었지만 개의치 않았다. 고개를 들고 허름한 아파트를 보자, 지난번과는 다르게 긴장이 되었다. 성수는 심호흡을 하고 안으로 들어갔다. 그사이에 많이들 이사 나갔는지 무척 조용했다. 성철의 집 앞에 도착할 때까지 마주친 사람이 한 명도 없었다. 마치 아무도 살지 않는 유령마을을 찾아온 기분이었다.

성수는 지난번에 관리인에게 받은 열쇠로 문을 열고 안으로 들어갔다.

뭔가 이상했다.

누가 치우기라도 한 듯 집 안이 텅 비어있었다. 물건들도 모두 치워진 상태였다. 성수는 잔뜩 긴장해서 골프채를 단단히 쥐고 집 안을 살폈다. 그러나 달리 이상한 점은 보이지 않았다. 기분 탓인가 싶어 한숨을 돌리는데 뒤에서 덜컹, 하는 소리가 들렸다.

놀라서 쳐다보니, 지난번에 만났던 주희라는 여자가 복도에 서서 창문으로 집 안을 훔쳐보고 있었다. 그녀는 성수와 눈이 마주치자 도둑질을 하다가 들킨 사람처럼 화들짝 놀라며 등을 돌리고 달아났다.

"잠깐만이요!"

성수는 급히 밖으로 나가 주희를 쫓아갔다.

보기랑 다르게 주희는 걸음이 빨랐다. 잠깐 사이에 벌써 복도를 지나 자기 집으로 들어가 문을 잠가버렸다.

"저기요, 잠시만이요. 저기요."

성수는 문을 두드렸다.

"잠깐이면 됩니다. 혹시, 저희 형 못 보셨나요? 말씀 좀 해주세요. 아직 여기 있는 거죠? 그렇죠?"

잠시 침묵이 흐르더니 안에서 주희가 떨리는 목소리로 말했다.

"지금 근처에 있어요."

"근처 어디요?"

성수가 되물었다.

"아주 가까이에, 이 근처에 있어요. 제발요! 제발 저 좀 그만 훔쳐보게 해주세요! 네?"

여자는 횡설수설하며 거의 하소연 하듯이 말했다. 그러고는 다시 침묵하더니 아무리 기다려도 더는 말이 없었다. 지난번과 비슷했다.

성수는 심각한 표정으로 주위를 둘러보았다. 여기 어딘가에 숨어서 형이 나를 지켜보고 있는지도 모른다. 성수는 가만히 입술을 깨물었다.

성수는 형의 집으로 돌아왔다. 먼저 사라진 짐부터 찾아야 했다. 성수는 혹시 아는 게 있지 않을까 싶어 관리인에게 전화를 걸었다. 노인은 처음에는 성수를 알아보고 반색을 하더니 사라진 짐에 대해 묻자 금세 돌변해서 딱딱하게 굴었다. 겨우 하루가 지났을 뿐인데, 어제 짐을 모두 정리해서 창고에 가져다 놓았다는 것이다. 성수는 오늘내일 중으로 짐을 정리할 생각이라며 노인을 설득했다. 잠시 망설이던 노인은 알겠다면서 성수를 창고로 불렀다. 성수는 전화를 끊고 복도로 나왔다.

주희 집 창문의 커튼이 슬쩍 움직이는 게 보였다.

성수는 그쪽으로 가려다가 그래봐야 별 소득이 없을 거라고 판단하고 노인이 가르쳐준 창고로 발길을 돌렸다.

창고를 찾아가니 벌써 노인이 박스들을 밖에 내놓고 기다리고 있었다.

"그래서 내 뭐라 했십니꺼. 금방 철거 준비하니까 퍼뜩 가져가라 않겠능교. 이거 옮긴다고 똥 빠지게 움직였는데 다 허사네, 허사."

성수는 박스들을 열어보며 내용물을 확인했다.

"이게 전붑니까?"

"예, 그게 다요. 가구들은 용역이 가져갔고요."

노인이 귀찮다는 듯이 대꾸했다.

"진짜 그 사이에 형이 다녀가진 않았고요?"

"아, 참말로 답답하네요. 다녀갔으면 내 가만 있었겠습니까. 우리 사장님한테 당장 전화를 걸었지예."

"그렇습니까."

성수는 복잡한 심경으로 박스들을 내려다보았다.

얼마간의 사례를 하고 노인을 보낸 뒤, 홀로 남은 성수는 차를 가져와 물품들 중에서 몇 가지만 골라 트렁크에 실었다. 해가 짧은 계절이라 그사이에 벌써 날이 저물어서 주변이 캄캄해지기 시작했다.

성수는 시장기를 느꼈다. 생각해보니 하루 온종일 먹은 게 없었다. 성수는 간단하게 끼니를 해결하기 위해 가까운 편의점을 찾았다. 아르바이트생이 어눌한 목소리로 성수를 맞았다. 억양으로 보아 중국인 유학생인 것 같았다. 성수는 생수와 간단한 먹거리를 몇 가지 골라 카운터로 가져갔다. 계산을 치르다가 문득 생각나는 게 있어 지갑에서 형의 사진을 꺼내 아르바이트생에게 보여주었다.

"혹시 이런 사람 본 적 없어요? 요 앞 아파트에 사는 사람인데……."

"아아, 누군지 알 거 같아요. 저거 도시락 많이 사갔어요. 저거랑 맥주. 많이 사갔어요."

사진을 한참동안 들여다보던 아르바이트생은 알겠다는 듯이 고개를 끄덕이더니 냉장식품 진열대를 가리키며 말했다.

"이 사람, 혹시 어제도 오지 않았었나요?"

"아니요. 못 봤어요. 그 사람 못 본지 꽤 됐어요."

아르바이트생은 고개를 가로저었다.

"정말 안 왔었나요? 어제 새벽에도?"

"어제 새벽, 어제 새벽엔 손님 없었어요. 아. 한명 왔었어요."

"누가 왔었죠?"

성수가 긴장한 얼굴로 물었다.

"몰라요. 그게……."

아르바이트생은 한참을 고민하더니 생각났다는 듯 손뼉을
마주쳤다.

"맞아, 헬멧. 헬멧 썼어요."

성수는 황급히 지갑에 접어 넣었던 공고문을 펼쳐서 아르
바이트생에게 보여주었다.

"혹시, 이 사람인가요?"

"그게, 얼굴 안보여요. 그래서 그 사람인지 몰라요."

아르바이트생은 확실하지 않다는 듯 고개를 갸웃했다.

성수는 잠시 생각에 잠겼다.

지난밤 성수는 서재에서 밤을 새면서 형의 계좌 거래내역
을 다시 확인해 보았다. 놀랍게도 성수의 집 근처 편의점에
서 물품을 구매한 내역이 있었다. 그리고 어제 새벽에는 이
편의점에서 오천 원을 지불한 것을 확인했다. 그런데 아르바
이트생의 말에 따르면 어제 새벽에 편의점을 찾은 손님은 오
토바이 헬멧을 쓴 사람이었다. 확신할 순 없지만 집에 찾아
와 아내와 아이들을 위협했던 '그놈'과 동일인인 것 같았다.
그렇다면 역시 오토바이 헬멧의 정체는 형이라는 이야기인
가. 골똘히 생각에 잠겼던 성수는 아르바이트생의 시선을 느
끼고 고개를 들었다. 아직 물건 값을 치르지 않고 있었다. 성
수는 생수만 남기고 다른 물품들은 제자리에 돌려놓았다. 그
러고는 형이 자주 사갔다는 도시락을 가져와 생수와 함께 값

을 치렀다. 성수는 편의점을 나와 차로 돌아왔다. 운전석에 앉아서 밖을 살피며 편의점에서 사온 생수와 도시락을 먹었다. 도시락을 반쯤 먹었을 무렵, 어디선가 오토바이 헬멧이 나타나 차 앞을 지나가더니 편의점으로 들어갔다. 순간적으로 밑으로 몸을 숨겼던 성수는 조심스럽게 고개를 들었다. 다행히 오토바이 헬멧에게 들키지 않은 것 같다. 성수는 가만히 숨을 죽이고 오토바이 헬멧을 감시했다

잠시 후 오토바이 헬멧이 비닐봉지를 들고 편의점에서 나왔다. 오토바이 헬멧은 잠시 주변을 살피더니 성철의 아파트 쪽으로 걸어가기 시작했다.

성수는 사이를 두고 차에서 내렸다. 그러고는 조심스럽게 발소리를 죽이며 오토바이 헬멧을 따라갔다. 어제 경험을 떠올리고 같은 실수를 반복하지 않으려고 신중을 기했다. 오토바이 헬멧은 뒤를 한번 돌아보지 않고 묵묵히 걸어갔다. 이곳 지리에 무척 익숙한 것처럼 보였다. 성수는 점점 오토바이 헬멧의 정체가 형이라는 확신이 들기 시작했다.

그러다가 미행을 눈치 챘는지 오토바이 헬멧이 갑자기 뛰기 시작했다. 당황한 성수는 소리를 지르며 오토바이 헬멧을 쫓아갔다. 상대는 걸음이 무척 빨랐다. 금방 따라잡을 것 같았지만 좀처럼 간격이 좁혀지지 않았다.

오토바이 헬멧이 방향을 틀더니 성철의 아파트와는 반대

방향으로 뛰기 시작했다.

‘뭐야, 왜 저리로 가지?’

성수는 의아해하면서도 계속 뒤를 쫓아갔다.

곧 횡단보도가 나왔다. 정지신호인데도 아랑곳하지 않고 오토바이 헬멧은 길을 건너갔다. 성수도 곧바로 쫓아가려고 했지만 맞은 편 차선에서 화물트럭이 경적을 요란하게 울리며 달려왔다.

“헉!”

성수는 깜짝 놀라 뒤로 물러서며 보도로 올라왔다. 트럭이 지나가고 난 후에는 이미 오토바이 헬멧의 모습이 보이지 않았다.

성수는 허탈해져서 오토바이 헬멧이 사라진 방향을 한참이나 쳐다보았다.

36

어느새 날이 밝았다.

차 안에서 자고 있던 성수는 꿈이라도 꿨는지 흠칫 놀라며 눈을 떴다. 그러고는 당황한 얼굴로 시계를 보았다. 벌써 정오가 지난 시각이었다.

성수는 차에서 내려 아파트로 걸어갔다.

건물로 들어간 성수는 주머니에 손을 넣어 열쇠를 찾으면서 주변을 두리번거렸다. 그때 위쪽에서 발소리가 들려 고개를 들었다. 1층과 2층 사이 층계참에서 난간을 잡고 있는 오토바이 헬멧이 언뜻 보였다.

"거기 서!"

성수는 소리를 지르며 잽싸게 계단을 뛰어올라갔다. 그러자 오토바이 헬멧도 등을 돌려 달아나기 시작했다.

성수는 숨을 헐떡이며 부지런히 쫓아갔지만 3층 층계참에서 그만 오토바이 헬멧을 놓치고 말았다.

"아, 어디로 갔지? 분명히 이 근처에 있을 텐데……."

4층까지 올라간 성수는 숨을 몰아쉬며 주변을 둘러보았다.
그 순간이었다.

"야, 이 새끼야!"

긴장을 늦추지 않고 코너를 도는데 갑자기 검은 그림자가 불쑥 튀어나와 성수에게 달려들었다. 배가 불룩 튀어나온 장발의 남자였다. 성수가 넘어지자 장발의 남자는 주위를 두리번거리더니 바닥에 떨어진 대걸레자루를 주워들었다.

그사이에 몸을 일으킨 성수는 허겁지겁 계단을 올라갔다.

"새끼, 어디 도망칠 수 있으면 도망쳐봐. 잡히면 아주 죽는 거다. 새끼, 너 오늘 제삿날이야."

장발의 남자가 놓치지 않겠다는 듯 대걸레를 휘두르며 성수를 바짝 쫓아갔다. 다행히 성수보다 동작이 굼떠서 쉽게 잡히지 않았다.

시간이 지날수록 간격이 벌어졌다.

옥상까지 단숨에 올라간 성수는 숨을 고르며 숨을 곳을 찾았다. 그러다가 환풍구 뒤에 몸을 숨겼다. 얼마 후, 장발의 남자가 숨을 헐떡거리며 옥상으로 올라왔다. 그는 씩씩거리며 성수를 찾아다녔다.

"이 새끼, 어디에 숨었지?"

성수는 숨소리를 죽이고 가만히 자리를 지켰다. 장발의 남자가 내뱉는 거친 숨소리가 점점 가깝게 들렸다. 성수는 숨을 멈추고 주먹을 쥐었다.

발소리가 가까워졌다.

장발의 남자가 성수에게 등을 보이며 앞으로 지나갔다. 그 틈을 놓치지 않고 성수는 남자에게 달려들었다.

"으아아아아!"

방심하고 있던 남자는 갑작스런 성수의 등장에 당황하여 대걸레자루를 크게 휘둘렀다.

성수는 몸을 숙여 대걸레자루를 피하고 머리로 남자를 들이받았다.

남자가 비명을 지르며 엉덩방아를 찧었다. 대걸레자루가 소리를 내며 바닥에 떨어졌다.

성수는 떨어진 대걸레자루를 멀리 걷어차고 남자의 가슴팍에 올라타고 앉아 주먹을 내리 꽂았다.

"당신 누구야? 어? 형하고는 어떤 사이야? 우리 형은 어디 있어?"

성수는 계속해서 남자의 얼굴을 때렸다. 남자의 얼굴이 금세 피투성이로 변했다. 성수는 매질을 멈추지 않았다.

"너 누구냐고. 말해!"

남자가 울먹거렸다.

"개새끼야, 무슨 소리를 하고 있는 거야. 우리 은혜 어쨌어. 마누라도 있는 새끼가 왜 은혜한테 찝쩍댔어. 은혜랑 어디까지 갔어?”

성수가 주먹질을 멈추고 남자를 쳐다보았다.

“은혜? 은혜가 누구요?”

남자도 뭔가 이상하다고 여겼는지 성수를 멍하니 쳐다보
았다.

37

성수는 남자를 성철의 집으로 데려갔다.

남자는 자기 이름을 상만이라고 밝혔다. 이야기를 들어보니 형의 옆집에서 살던 여자가 은혜인 모양이었다. 상만은 그 여자와 사귀던 사이였다.

"그러면, 형님이 은혜 옆집에 살던 분입니까?"

남자가 물었다.

"은혜라면……."

"제 여자 친구입니다."

상만은 자랑스럽다는 듯이 말했다.

"아, 그렇군요."

성수는 손수건에 물을 적셔서 상만에게 건네주었다. 상만은 잠시 머뭇거리다가 수건을 받아서 얼굴을 닦았다.

"혹시 그 은혜라는 분도 실종되신 겁니까?"

성수가 조심스럽게 물었다.

상만은 성수를 가만히 바라보더니 힘없이 고개를 끄덕였다.

"예, 몇 달 전부터 갑자기 연락이 끊겼습니다. 원래 예전부터 그년이 남자 문제가 복잡해서 자주 싸웠거든요. 그래도 이번처럼 오래 잠수를 탄 적이 없어요. 그런데 말입니다. 갑자기 문자가 한 통 왔어요. 잠시 연락이 안 될 테니 당분간 연락하지 말라고."

문자라는 이야기에 성수는 흠칫했다.

"저기, 이상하게 들릴지 모르지만 혹시 그 문자를 볼 수 있을까요?"

"문자요?"

상만이 고개를 갸웃했다. 잠시 성수를 바라보더니 주섬주섬 휴대전화를 꺼내 여자 친구에게 받았다는 문자 메시지를 보여주었다.

'잠시연락이안될거야당분간연락하지마.'

메시지를 확인하는 성수의 눈동자가 크게 흔들렸다. 지난번 변호사가 받았다는 형의 문자 메시지처럼 띄어쓰기가 전혀 돼있지 않았다. 단지 우연의 일치라고 하기엔 뭔가 석연치 않았다.

"하여튼 그년은 조금만 한눈을 팔면 그새 다른 새끼랑 붙어먹어서요. 정말 잠시도 마음을 놓을 수 없어요. 그뿐인 줄

아세요. 이, 이, 집 열쇠도 말도 없이, 응, 글쎄 내 카드도 여기저기 다니면서 마구 긁어대지 뭡니까.”

“지금 뭐라고 하셨죠?”

“왜요?”

성수가 심각하게 바라보자, 상만은 영문을 모르겠다는 듯이 되물었다.

“방금 카드라고 하셨습니까?”

성수가 확인하듯 물었다. 상만은 고개를 끄덕였다.

“네. 혹시 꼭 필요할 때 쓰라고 줬던 게 있거든요. 그런데 그년이 하도 여기저기 긁어서 내가 함 추적해봤습니다.”

그러더니 상만은 흘끔 성수의 눈빛을 살폈다. 소심한 남자로 여길까봐 걱정하는 눈치였다. 성수가 아무 반응도 보이지 않자, 상만은 조심스럽게 말을 이었다.

“자꾸 그년이 눈에 밟혀서요. 그러다가 우연히 그쪽을 봤습니다. 여기서 계속 두리번거리고 있어서 나는 고년이 새로 만나는 남자인 줄 알았습니다. 제가 오해를 한 거죠. 그 부분에 대해선 사과를 드리죠.”

그때 옆에서 부스럭거리는 소리가 들렸다.

“무슨…….”

성수는 무심결에 베란다를 쳐다보았다가 눈을 크게 떴다. 그렇게 찾아 헤맸던 오토바이 헬멧이 베란다에 서서 이쪽을 멀뚱히 바라보고 있었다.

"저, 저……."

오토바이 헬멧은 성수와 눈이 마주치자 급히 옆집으로 통하는 문으로 달아났다. 성수는 황급히 일어나 오토바이 헬멧을 따라갔다. 그러나 상만과 몸싸움을 벌인 여파로 다리에 힘이 들어가지 않아 절룩거리며 속도를 내지 못했다.

"거기 서!"

성수는 이를 악물고 걸음을 내딛으며 베란다의 비밀통로를 통해서 옆집으로 건너갔다. 하지만 그사이에 이미 달아났는지 오토바이 헬멧의 모습은 보이지 않았다. 지나치게 조용해서 오히려 당황스러웠다.

"어라, 이게 뭡니까. 여기 은혜 방 아닙니까? 대체 어떻게……."

뒤따라온 상만은 방안을 훑어보더니 무척 당황했다.

성수는 아무 대꾸도 하지 않고 신중히 주변을 살폈다. 분명 어딘가에 오토바이 헬멧이 숨어서 지켜보고 있을 거라 생각했다. 그러다가 문득 한쪽 벽을 차지하고 있는 커다란 옷장에 눈길을 주었다. 이런 작은 방에 놓기엔 다소 크다 싶을 정도의 사이즈였다. 그때 성수는 옷장 문이 살짝 열려 미세하게 흔들리는 것을 보았다. 꼼꼼한 성수가 아니었다면 결코 알아보지 못했을 것이다. 성수는 조심스럽게 옷장에 다가가 잠시 숨을 고르고 문을 확 열어젖혔다. 하지만 기대와 달리 옷장 안에는 비닐을 씌운 여자 옷들만 가득했다.

"왜 그래요?"

상만이 물었다.

성수는 다시 문을 닫으려다가 뭔가 이상하다고 여겼는지 옷장에 걸린 옷들을 끄집어냈다. 그러자 안에 쌓아둔 잡동사니 사이로 뭔가 반짝이는 게 보였다. 성수는 잡동사니들도 마저 치워보았다.

순간, 랩에 싸인 뭔가 큼직한 것이 불쑥 튀어나와 바닥에 떨어졌다.

깜짝 놀란 성수는 급히 뒤로 물러섰다.

"헉!"

그것은 오래전에 사망했는지, 몹시 부패된 여자의 시신이었다.

성수는 혹시나 하는 마음에 상만을 쳐다보았다. 상만은 부들부들 떨며 시신을 뚫어지게 내려다보았다.

"이게, 이게……."

그의 표정으로 보아, 틀림없이 은혜라는 여자의 시신 같았다.

"혹시, 은혜 씹니까?"

성수가 조심스럽게 물었다.

상만은 대답은 하지 않고 이상할 정도로 심하게 떨며 성수를 쳐다보았다. 그러더니 얼굴을 일그러뜨리며 천천히 자신의 등으로 손을 가져갔다.

"상만 씨?"

그때 누군가가 뒤에서 상만의 머리를 힘껏 내리쳤다.

상만이 눈을 까뒤집으며 고꾸라졌다. 그의 등에는 커다란 가위가 깊이 박혀 있었다.

깜짝 놀란 성수가 고개를 들었다. 그러자 여태 어디에 숨어있었는지 상만의 뒤로 쇠파이프를 들고 서 있는 오토바이 헬멧이 갑자기 나타났다.

"너, 누구야!"

성수가 버럭 소리를 질렀다.

오토바이 헬멧은 대답 대신에 쇠파이프를 휘둘렀다. 성수는 급히 몸을 숙여 쇠파이프를 피하고는 두 손으로 오토바이 헬멧을 힘껏 밀었다. 오토바이 헬멧이 뒤로 나자빠졌다. 그걸 보고 성수는 틈을 놓치지 않으려고 그에게 다가가려고 했다. 하지만 다리가 욱신거리는 바람에 균형을 잃고 무릎을 꿇어야했다.

그사이에 오토바이 헬멧이 다시 일어나 현관문으로 달아났다.

성수가 급히 손을 뻗었지만 간발의 차이로 놓치고 말았다.

"거기 서!"

오토바이 헬멧은 조롱하듯 성수를 힐끔 보더니 유유히 복도로 나갔다.

성수는 이를 악물고 일어나서 절뚝거리며 오토바이 헬멧을 쫓았다. 힘겹게 벽을 짚어가며 현관문으로 나가자, 뭔가 바람을 가르며 얼굴로 날아들었다. 성수는 엉겁결에 두 손으로 얼굴을 가렸다. 옆구리가 화끈거렸다. 오토바이 헬멧이 어디시 넜는시 기다란 식칼로 성수의 옆구리를 그어버렸다. 금세 피가 배어나오며 바닥으로 뚝뚝 떨어졌다.

"악!"

성수는 참지 못하고 비명을 질렀다.

오토바이 헬멧이 다시 다가왔다.

성수는 필사적으로 두 팔을 휘둘렀다. 그러다가 성수의 손등에 어깨를 맞고 오토바이 헬멧이 휘청거렸다. 성수는 틈을 놓치지 않고 오토바이 헬멧의 다리를 잡아당겼다. 중심을 잃은 오토바이 헬멧은 그대로 쓰러지고 말았다.

"누구야, 너! 백성철이니? 그런 거야? 대답해, 어서!"

성수는 오토바이 헬멧 위에 올라탔다.

그때 뭔가 이질적인 감각을 느끼고 멈칫거렸다. 오토바이 헬멧이 벗어나려고 버둥거렸다. 성수는 다시 정신을 차리고 오토바이 헬멧을 벗겨내려고 했다. 그러자 상대도 두 손으로 헬멧을 붙잡고 완강히 버텼다. 완력은 성수가 더 셌다. 어느새 턱이 보이면서 거의 헬멧이 벗겨지기 직전에 이르렀다.

바로 그때 성수는 허벅지에 서늘한 기운을 느꼈다. 아픔은 그 다음이었다. 오토바이 헬멧이 어느 틈에 성수의 오른쪽 허벅지에 식칼을 꽂아놓았다.

성수가 허벅지를 움켜쥐며 비명을 질러댔다.

오토바이 헬멧이 성수를 밀어내고 일어나 다시 식칼을 뽑아냈다. 성수의 허벅지에서 핏물이 튀어나와 바닥이 흩뿌려졌다.

오토바이 헬멧이 식칼을 거꾸로 쥐고 성수에게 다가왔다.

성수는 급히 주변을 돌아보았다. 마침 바닥에 떨어진 벽돌이 보였다. 생각할 겨를도 없었다. 성수는 본능적으로 벽돌을 쥐고 힘껏 휘둘렀다. 성수에게 다가오던 오토바이 헬멧은 벽돌을 얻어맞고 크게 비틀거리며 뒤로 물러서다가 엉덩방아를 찧었다. 꽤 충격을 받았는지 오토바이 헬멧은 바로 일어서지 못했다.

성수는 절뚝거리며 달아날 곳이 없는지 주변을 살폈다.

그때 주희 집 현관문이 살짝 열려있는 것이 보였다. 지난번에 만났던 평화라는 아이가 문틈으로 성수를 훔쳐보고 있었다.

성수는 다리를 절뚝거리며 그쪽으로 걸어갔다.

평화는 성수와 눈이 마주치자 겁에 질린 얼굴로 들어가더니 문을 닫아버렸다. 간신히 문앞까지 달려간 성수는 급하게 현관문을 두들겼다.

"평화야, 아저씨야. 아저씨, 기억하지? 평화야, 문 좀 열어봐."

흘끔 돌아보니 어느새 오토바이 헬멧이 일어나 손에 핏물이 뚝뚝 떨어지는 식칼을 들고 이쪽을 쳐다보고 있었다. 그걸 보사 성수는 마음이 급해졌다. 문을 맹렬히 두들기며 평화에게 도움을 청했다.

한참 만에 평화가 문을 열어주었다.

성수는 양해를 구할 틈도 없이 평화를 밀며 안으로 들어갔다.

뒤에서 오토바이 헬멧이 칼을 쥐고 달려오고 있었다.

성수는 급히 문을 닫고 잠갔다. 거의 동시에 쿵 하는 소리가 들리며 현관문에 육중한 충격이 전해졌다. 하지만 문을 열 방법이 없는지 이내 조용해졌다. 성수는 안도의 한숨을 내쉬며 천천히 일어나 방으로 걸음을 옮겼다.

그때, 오토바이 헬멧이 창문으로 손을 쑥 집어넣더니 성수의 머리카락을 움켜쥐었다. 성수는 깜짝 놀라 거칠게 오토바이 헬멧의 손을 뿌리치고 뒤로 물러섰다. 다행히 방범창이라서 창을 통해서 안으로 들어오진 못했다. 오토바이 헬멧은 분한 듯 한참을 쳐다보더니 어딘가로 사라져버렸다.

성수는 형의 집 베란다에 나 있는 연결통로를 떠올리고는 황급히 배란다로 가서 옆집과 연결된 통로가 없는지 확인해 보았다. 다행히 이 집에는 그런 비밀통로가 없었다. 비로소 마음이 놓인 성수는 소파로 가서 풀썩 주저앉았다.

평화가 화장실에서 붕대와 상처에 바르는 약을 가져왔다.

"고맙다."

성수는 평화의 머리를 쓰다듬어주고는 약을 바르고 붕대로 상처를 감쌌다.

방 안에서는 지난번에 들었던 영어 교제 테이프가 흘러나오고 있었다. 아마도 평화는 혼자서 집을 보면서 영어 공부를 하고 있었던 모양이었다.

평화는 성수의 옆에 앉아서 뭔가를 골똘히 쳐다보았다. 성수의 웃옷이었다. 정확히는 주머니 밖으로 튀어나온 열쇠고리를 보고 있었다. 열쇠고리 끝에는 아이들이 좋아하는 뽀로로 인형이 달려있었다. 수아가 작년에 생일선물이라고 사준 것이었다. 평화는 슬쩍 성수의 눈치를 보더니 열쇠고리를 꺼내 인형을 만지작거렸다.

"엄마는? 어디 갔어?"

성수는 뒤늦게 생각났다는 듯이 물었다.

"엄마, 일 나갔어."

평화가 아이답지 않은 무뚝뚝한 목소리로 말했다.

"그래."

성수는 고개를 끄덕이며 시선을 돌렸다. 탁자 위에 철거를 알리는 고지서가 놓여있었다. 이사 갈 준비를 하는지 집안 곳곳에 박스들이 보였다.

"너네도 이사 가?"

"응. 엄마가 여기보다 안전한 곳으로 가자고 했거든."

평화가 고개를 끄덕였다. 어느 샌가 꺼냈는지 성수의 지갑을 만지작거리고 있었다.

"그래, 어디로 이사 가는데?"

성수가 물었다.

"멀리, 서울로. 엄마가 그랬어. 우리 집 진짜 되게 좋대. 여태까지 이사 갔던 데랑은 차원이 다르댔어. 너무, 너무 좋댔어! 신나!"

"그래, 평화는 좋겠네."

"응, 좋아."

성수는 흘끔 시계를 보고는 자리에서 일어났다. 아직 다리가 욱신거렸지만 여기서 이러는 건 좋지 않았다. 평화는 아직도 지갑이랑 열쇠고리를 만지작거리고 있었다. 성수는 평화에게 손을 내밀었다.

"자! 이제 지갑 돌려줘야지."

평화는 완강하게 고개를 가로저었다.

"아까 그 아저씨 경찰에 신고하고 빨리 가야 돼."

성수는 부드럽게 타이르듯이 말했다.

"이거는, 내거야. 그치?"

평화가 열쇠고리를 가리키며 말했다.

"그거 아저씨 딸이 선물해 준건데? 자, 돌려주세요."

그러면서 성수가 열쇠고리와 지갑을 가져가자, 갑자기 평화가 악을 쓰며 떼를 쓰기 시작했다.

"내 거야! 이거 내 거야! 왜 내꺼 뺏으려 그래! 이거 내 거라고! 내 거라고!"

"알겠어. 알겠어."

성수는 하릴없이 열쇠만 빼서 열쇠고리를 평화에게 건네주었다. 그러자 평화는 언제 그랬냐는 듯 환하게 웃어보였다. 성수는 고개를 흔들고는 경찰에 신고하기 위해 휴대전화를 꺼냈다. 임시로 받은 구형 모델이라 그런지 벌써 배터리 게이지가 깜빡거리고 있었다. 이 상태로는 통화 중에 끊기기 쉬웠다.

"평화야. 전화 좀 써도 될까?"

고개를 끄덕이더니 평화는 따라오라는 듯 손짓하며 자기 방으로 들어갔다. 성수는 평화를 따라갔다.

처음 들어가 본 평화의 방에는 온갖 장난감들이 잔뜩 있었다. 그냥 어지럽게 널브려져 있는 게 아니라 박스에 담아서 정리되어 있었다. 어떤 상자에는 구형 노트북, 휴대전화나 아이패드 같은 IT기기들이 들어있었다. 그걸 보고 조금은 의아하게 생각했다. 그밖에도 어린아이에겐 어울리지 않는 물품들이 너무 많았다.

"평화야, 이건……."

"응. 이거 다 내 꺼야. All mine."

평화가 웃으면서 대답하더니 작은 박스에서 휴대전화를 가져와 성수에게 건넸다.

"여기."

휴대전화를 받아든 성수는 순간 흠칫 놀랐다. 전화기에는 낯익은 물건이 걸려있었다. 성수가 사는 아파트를 출입할 때 사용하는 보안카드였다. 성수는 깜짝 놀라 비밀번호를 누르고 앨범을 열었다. 수아와 호세의 사진이 나왔다. 성수는 하마터면 전화기를 떨어뜨릴 뻔했다. 이건 얼마 전에 잃어버린 자신의 휴대전화였다.

"평화야."

성수는 조심스럽게 평화를 불렀다.

"응?"

"이거, 어디서 난거야?"

"그건 엄마 건데? 왜?"

평화가 고개를 갸웃하며 되물었다.

"응?"

성수는 그만 당황한 나머지 대꾸할 말을 잊어버렸다. 그때 무의식중에 손가락으로 액정을 건드리면서 다음 사진으로 넘어갔다. 성수가 지금 사는 집에 이사 온 첫날을 기념하며 베란다로 나가서 아파트 단지의 전경을 담은 사진이었다. 갑자기 평화가 그 사진을 보더니 반색하며 호들갑을 떨었다.

"어! 이 아파트! 우리 이사 갈 집! 되게 좋지? 엄마가 여기로 이사 간다고 했어."

성수는 벌떡 일어나 뒷걸음질을 쳤다.

이곳에 일초라도 머물러선 안 된다는 생각이 들었다. 생글생글 웃고 있는 이 꼬맹이도 갑자기 무섭게 느껴졌다.

성수는 주춤주춤 뒤로 물러서다가 커다란 장롱에 부딪혔다. 깜짝 놀란 성수는 뒤를 돌아보았다. 부딪칠 때 충격으로 장롱 문이 살짝 열렸다. 순간 조금 전의 일이 떠올랐다. 실종되었다던 은혜라는 여자의 시신도 옷장 속에 감춰져 있었다. 그렇다면 혹시 이 장롱 안에도…….

생각이 거기까지 미친 성수는 덜컥 겁이 났다. 이빨을 딱딱 부딪칠 정도로 두려웠지만 호기심을 억누를 수는 없었다. 성수는 떨리는 손으로 장롱을 열어보았다. 집 안은 잘 정돈되어있는 것과는 달리 온갖 잡동사니들이 마구잡이로 쌓여

있었다. 마치 인간의 어떤 양면성과 마주하는 기분이었다. 성수는 심호흡을 하며 물건 중 하나를 치워보았다. 그러자 탑이 무너지듯 쌓아올린 물품들이 와르르 쏟아졌다.

그리고 보았다.

그 뒤에 꽁꽁 감추어놓았던 무서운 '진실'을.

성철의 시신이 있었다. 방부제인 듯 허연 가루를 뒤집어 쓴 채 눈을 부릅뜨고 성수를 노려보고 있었다.

"제발 형한테 저랑 제 딸 좀 그만 훔쳐보라고 얘기해주세요. 그만 좀 훔쳐보라고요. 제가 그 사람 때문에 밤에 잠도 못 자겠어요. 미치겠다고요."

이제야 주희가 했던 말이 무엇을 의미하는지 어렴풋이 알 거 같았다. 성수는 비틀거리며 뒤로 물러섰다.

그때 문 열리는 소리가 들리더니 평화가 반가운 목소리로 외쳤다.

"어? 엄마다!"

성수는 부들부들 떨면서 천천히 뒤를 돌아보았다.

신발장 앞에, 오토바이 헬멧을 쓴 주희가 쇠파이프를 들고 우두커니 서 있었다.

38

어두운 밤거리를 중년 남자가 콧노래를 흥얼거리며 걷고 있었다. 술에 잔뜩 취했는지 걸음걸이가 비틀거렸다.

그가 모퉁이를 지나가는 순간 담장 뒤에 숨어있던 누군가가 벽돌로 그의 뒷머리를 내리쳤다. 남자는 비명도 지르지 못하고 그 자리에 고꾸라졌다. 남자를 공격한 사람은 가만히 앉아서 숨이 붙어 있는지 확인했다. 그러더니 벽돌을 집어던지고 어둠속으로 고개를 돌려 누군가를 불렀다.

"평화야."

그러자 어둠속에 숨어있던 여자아이가 밝게 웃으며 뛰어나왔다.

"엄마, 다 끝난 거야?"

남자를 습격한 사람은 주희였다. 주희는 딸의 머리를 쓰다듬으며 고개를 끄덕였다.

"그래."

그리고는 남자의 주머니에서 지갑을 꺼내 돈과 카드만 빼내고 다시 버렸다. 옆에서 평화가 쪼그리고 앉아서 남자의 옷을 뒤졌다. 여러 번 해봤는지 손놀림이 능숙하다. 주머니에서 휴대전화를 꺼낸 평화는 엄마를 흘끗 바라보았다.

"엄마, 나 이거 가져도 돼?"

주희는 미소를 지으며 고개를 끄덕였다. 남자의 지갑에서 빼낸 카드를 흔들어 보이면서 기쁜 듯이 말했다.

"우리 이걸로 맛있는 거 먹자."

평화도 기쁜 듯이 고개를 끄덕였다.

두 모녀는 남자를 내버려두고 저녁만찬을 즐기러 어둠속으로 사라졌다.

며칠 뒤 남자는 싸늘한 시체로 발견되었다. 추운 날씨에 그대로 방치되어 저체온증으로 사망한 것이다.

평화는 옷장 안에 숨어서 사람들을 훔쳐보고 있었다.

구급대원 둘이 할아버지 시체를 들것에 실어 복도로 날랐다.

제복을 입은 경찰관이 방 안을 살피며 혀를 찼다.

"노인네가 혼자 살다가 쓸쓸히 죽어버렸네. 가족도 없었나 보네. 참 안됐군."

그러자 옆에 있던 경비가 고개를 설레설레 흔들었다.

"여기 이런 사람이 부지기숩니다. 어제오늘 이야기도 아니죠. 얼마 전에도 8층에 혼자 사는 할머니가 약 먹고 자살한 일도 있는데요."

경찰관이 경비를 흘끗 보더니 뭔가 석연치 않다는 표정을 지으며 물었다.

"그런데 할아버지가 돌아가신 다음에도 누군가 여기를 들락거린 거 같은데요."

"글쎄요. 아마 노숙자들이겠죠. 노인네가 생전에 문단속을 전혀 안 해서 이전에도 종종 가출한 애들이 몰래 들어와 음식을 훔쳐 먹다가 붙잡힌 적도 있어요. 여기가 말이 사람 사는 데지, 아주 도가니탕이야, 도가니탕."

경찰관이 경비를 한참 바라보다가 고개를 흔들며 밖으로 나갔다. 경비도 죽은 사람이 머물던 공간에는 잠시도 있기 싫은지 몸서리를 치고는 서둘러 떠났다.

어른들이 사라지자 평화는 조심스럽게 옷장에서 나왔다. 아무렇지도 않은 듯 집 안을 둘러보더니 한 귀퉁이에 놓인 낡은 녹음기를 발견했다.

평화는 고개를 갸웃하며 그쪽으로 걸어갔다.

녹음기 안에는 테이프가 들어 있었다.

평화는 재생버튼을 눌러 보았다.

영어교재 테이프였다.

평화는 테이프를 들으며 영어 문장을 따라했다. 무척 즐거운지 배시시 웃었다. 그러더니 녹음기를 들고 그 집을 나왔다.

복도에는 엄마가 장바구니를 들고 서 있었다. 무척 당황한 얼굴이었다. 현관문에 쳐있는 폴리스 라인을 보고 놀란 모양이었다. 주희는 입술을 지그시 깨물었다.

평화가 엄마에게 다가가 나직이 속삭였다.

"엄마, 우리 또 이사 가야 되는 거야?"

주희는 말없이 고개를 끄덕였다.

성철은 편의점에서 사가지고 온 도시락을 먹으면서 가계부를 정리하고 있었다. 고지서 봉투를 살펴보던 성철은 문득 의료보험 고지서 봉투가 뜯겨져 있는 걸 발견했다. 이상하다는 듯 고개를 갸웃하며 다른 봉투도 살펴보았다.

그때 현관문 자물쇠가 덜컹거리더니 누군가가 문을 열고 들어왔다.

깜짝 놀라 쳐다보니 오토바이 헬멧을 쓴 사람이 장대우산을 들고 서 있었다. 당황해서 머뭇거리고 있는데 오토바이 헬멧이 성큼성큼 다가와 장대우산 속에 숨겨둔 쇠파이프를 꺼내 성철의 머리를 후려쳤다.

성철이 신음하며 쓰러지자 오토바이 헬멧은 계속해서 쇠파이프를 휘둘렀다. 처음에는 저항하던 성철은 이내 힘이 빠졌는지 축 늘어졌다.

오토바이 헬멧은 흘끔 성철을 보더니 뾰족한 우산 끝으로 성철의 목을 찔렀다. 그러더니 완전히 숨통을 끊겠다는 듯 우산을 비틀었다. 성철은 괴로워하며 버둥거리다가 눈을 까뒤집으며 비명을 토했다. 한 차례 경련을 하더니 더는 움직이지 않았다.

오토바이 헬멧은 우산을 뽑아들더니 멀뚱히 성철의 시신을 내려다보았다.

바로 그때 밖에서 누군가가 문을 두드렸다.

"문 열어! 야, 이 새끼야!"

오토바이 헬멧은 고개를 돌려 문을 바라보았다. 그러더니 천천히 베란다로 나갔다. 그곳에서 벽을 밀었더니 옆집으로 통하는 출구가 나왔다. 오토바이 헬멧은 그 출구로 나가 옆집으로 건너갔다. 은혜의 집이었다.

"문 열라고! 이러면 다 끝나는 줄 아냐? 근데 어떡하냐? 내가 이럴 줄 알고 몰래 카메라를 설치해놨었거든? 경찰 부를 거니까, 넌 이제 좆 된 거야. 알아?"

밖에선 여전히 은혜가 고래고래 소리를 지르고 있었다.

"왜? 경찰에 신고한다니까 쫄았냐?"

오토바이 헬멧은 방 안으로 성큼성큼 들어가더니 주위를 한번 둘러보고는 뒤쪽 벽장으로 몸을 숨겼다.

잠시 후 은혜가 속옷 바람으로 씩씩거리며 돌아왔다.

은혜는 맥주를 홀짝이며 노트북을 들여다봤다. 그러다가 뭔가를 보고 흠칫 놀라며 방 안을 훑었다. 손에 스프레이를 쥐고 벽장으로 다가왔다.

"거기 누구야! 숨어있지 말고 당장 나와."

숨을 고르던 은혜는 벽장문을 힘껏 열었다. 동시에 소리를 지르면서 스프레이를 분사했다.

오토바이 헬멧은 유유히 밖으로 나갔다.

"아악, 저리 가! 저리 가라고! 도와주세요! 누구 없어요? 살려주세요!"

놀란 은혜가 그대로 주저앉았다. 오토바이 헬멧은 멀뚱히 은혜를 바라보다가 천천히 장대우산을 머리 위로 들었다.

"살려주세요. 제발, 살려주세요."

죽음을 직감한 은혜는 두 손으로 싹싹 빌며 목숨을 구걸했다.

오토바이 헬멧은 상대를 조롱하듯 고개를 갸웃하더니 느닷없이 장대우산으로 내리쳤다. 우산은 퍽, 하며 정수리를 강타했다.

"아아악!"

은혜가 비명을 지르기 시작했다.

하지만 오토바이 헬멧은 태연히 장대우산을 휘둘렀다. 안

타깝게도 은혜의 비명소리는 자가가 틀어놓은 음악소리에 묻혀버렸다.

오토바이 헬멧은 무차별적으로 내리치며 뭔가를 계속 중얼거렸다.

"여긴 내 집이야! 내 집이라고!"

피가 사방으로 튀었다.

오토바이 헬멧은 은혜가 움직이지 않게 될 때까지 계속 장대우산을 내리쳤다.

현관문이 조용히 열리더니 평화가 스케치북을 들고 들어왔다. 그러고는 은혜의 시신을 보고도 아무렇지도 않게 현관문을 닫더니 오토바이 헬멧에게 다가갔다.

오토바이 헬멧이 고개를 돌리고 평화를 쳐다보았다. 평화는 졸린 듯 눈을 비비며 조용히 말했다.

"엄마, 배고파. 우리 밥 언제 먹어."

39

　주희는 액자에서 딸과 함께 찍은 사진을 떼어냈다. 그 안쪽에는 다른 사진들이 있었다. 성수 내외에게 남편이라고 소개했던 남자가 원래 가족들과 찍은 사진도 있었다. 이 남자야말로 지금 주희 모녀가 살고 있는 집의 주인이었다. 다른 사람들과 마찬가지로 주희에게 희생당한 것이다.

　주희는 바닥에 쓰러진 성수의 두 다리를 잡고 거실로 질질 끌고 갔다. 그러고는 호주머니들을 뒤지기 시작했다.

　그동안 많이 해봤기 때문에 능숙하게 지갑을 꺼내 카드와 신분증을 빼내 자기 핸드백에 넣었다. 그사이에 평화는 성수의 휴대전화를 꺼내서 어떤 게임이 들어있는지 확인했다. 두 모녀는 희희낙락하며 성수의 물건들을 챙겼다.

　그 모습은 마치 들판에 버려진 동물의 시신을 뜯어먹는 하이에나들 같았다. 두 모녀가 똑같았다.

　"엄마, 엄마. 이거는 내 거지?"

　평화가 배시시 웃으며 물었다. 주희는 그렇다는 듯 고개를 끄덕이고는 주섬주섬 이삿짐들을 챙기기 시작했다.

"빨리 짐 싸, 평화야. 우리 이제 훨씬 좋고, 훨씬 안전한 데로 가는 거야."

"오늘?"

"그래, 오늘 갈 거야. 그러니까 서둘러."

"알았어."

평화는 고개를 끄덕이더니 신이 나서 자기 방으로 들어가 물건을 챙겼다.

주희는 짐을 꾸리다가 잠시 멈추고 성수를 쳐다보았다. 그러더니 부엌으로 성큼성큼 걸어갔다. 싱크대 수납함을 열었다. 그 안에는 날이 시퍼렇게 선 식칼들이 여러 개 있었다. 주희는 눈을 희번덕거리며 그중 하나를 집었다.

40

"엄마, 일단 애들부터 먼저 보낼게. 좀 부탁해, 응? 그이는 내가 설득해야지. 정 안되면 혼자라도 갈 거야. 그럼 어떡해. 여기선 불안해서 하루도 못 있겠단 말이야."

민지는 친정 엄마와 통화를 하며 짐을 꾸렸다. 옆에서 호세와 수아도 자기 물건들을 챙기고 있었다.

민지는 가족들을 데리고 미국으로 돌아갈 생각이었다. 아직 남편하고는 상의를 하지 않았다. 아니, 이 문제는 논의의 대상이 아니라고 생각했다. 만약에 남편이 거부하면 자기 혼자서라도 미국에서 아이들을 키울 작정이었다. 이미 항공권도 예약해둔 상태였다. 급작스러웠지만 학교와 어린이집에도 이야기를 마친 상태였다. 다소 양심에 찔리긴 하지만 친정 엄마가 위독하다는 핑계를 댔다.

민지는 친정 엄마에게 전화를 걸어 그동안 있었던 일들을 모두 이야기하고 양해를 구했다. 다행히 친정 엄마도 크게 반대하지는 않았다. 민지는 당장 내일 비행기로 아이들을 먼저 보내려고 했다. 이런 성격의 일은 차일피일 미루면 안 된다. 마음을 정했으면 빨리 실천에 옮기는 게 좋다. 아이들은 갑작스러운 결정에 혼란스러워하는 눈치였지만 민지는 이미 마음을 굳혔다. 아이들의 이해는 나중에 천천히 구하기로 맘먹었다.

그때 휴대전화로 메시지가 도착했다는 착신 벨이 울렸다. 이번이 처음이 아니라 아까부터 계속 울리고 있었지만 스팸으로 여기고 귀찮아서 확인하지 않았다. 어차피 떠나기로 마음먹은 마당에 급하게 연락받을 일도 없었다. 그것도 문자메시지라면 더욱 그렇다. 하지만 벌써 여러 번 반복해서 울리는 게 은근히 마음에 걸렸다.

"엄마, 잠시만."

집 전화로 통화중이던 민지는 잠시 수화기를 내려놓고 휴대전화를 확인했다. 메시지 수신함을 열어본 민지는 이게 뭔가 싶어 입을 다물지 못했다. 몇 시간 사이에 받은 문자가 거의 스무 개 가량이나 되었다. 그것도 모두 신용카드를 사용한 내역들이다. 사용처는 다양했다. 편의점, 주유소, 패밀리 레스토랑, 이동통신 요금 등. 그중에서 가장 마지막에 사용한 곳은 바로 근방의 대형마트였다. 카드대금도 대충 헤아려보니 기백만 원이 넘었다.

"뭐야, 이거……."

민지는 기가 차서 말이 나오지 않았다. 남편에게 따지려고 전화를 걸었다.

"이 사람이 밖에서 뭘 하고 다니는 거야. 미쳤어, 미쳤어."

신호음이 여러 차례 울렸지만 전화를 받지 않았다. 민지는 포기하지 않고 다시 전화를 걸었다. 한참을 울리고 나서야 겨우 전화를 받았다.

"여보세요? 당신, 지금 어디서……,"

민지의 말이 채 끝나기도 전에 전화가 뚝 끊겼다. 화가 나서 다시 전화를 걸자, 아예 전원이 꺼졌다는 안내 방송이 나왔다.

"뭐하는 거야, 정말."

41

　쇼핑을 마친 주희는 카트를 밀며 계산대로 갔다. 카트에는 물건이 하나 가득 쌓여있었다. 마트 직원이 카트를 보더니 질린다는 표정을 지었다. 최근에 이렇게 많이 물건을 산 손님은 처음이었다. 그래도 마트 직원은 웃으면서 리더기로 주희가 고른 물건들의 바코드를 읽었다. 결제할 금액이 점점 올라갔지만 주희는 무덤덤하게 바라보았다. 그때 기다리다 지쳤는지 평화가 물건들 중에서 아이스크림 하나를 꺼내 그 자리에서 포장지를 벗겼다.

　"그럼 안 돼. 나가서 먹어야지."

　주희가 딸을 나무라자, 마트 직원은 사람 좋은 미소를 지어보이며 괜찮다고 말했다.

　"괜찮아요. 아이들이 다 그렇잖아요. 어때, 맛있어?"

　"Yes. It's delicious."

　평화가 아이스크림을 쪽쪽 빨며 고개를 끄덕였다.

　"애가 발음이 좋네요."

주희는 직원의 칭찬이 싫지 않은 듯 어색하게 웃었다. 그러면서 흘끔 보니 벌써 결제할 금액이 20만 원에 육박했다.

"그런데 이 동네는 아직 대형마트가 입점하지 않았나 봐요."

"네, 덕분에 우리가 장사를 좀 하고 있어요. 저 아파트 단지가 신축이라서요. 아마 조만간 들어서긴 할 거예요."

"그렇구나."

"막 이사 오셨나 봐요."

"네. 지금 말씀하신 단지에요. 2층. 처음에는 좀 더 위층에서 살까도 고민했는데요. 2층이 보니까 풍경도 더 좋고 이것저것 따졌을 때 더 괜찮아 보이더라고요."

"아, 네. 저 아파트가 평수도 넓고 인근에선 럭셔리하다고 소문나긴 했어요."

마트 직원이 부럽다는 듯이 말하자, 주희는 어깨를 으쓱해 보였다. 그러더니 아이스크림을 먹고 있는 평화의 머리를 쓰다듬으며 갑자기 묻지도 않은 이야기를 늘어놓고 시작했다.

"그런가요. 뭐 조금 비싸긴 하더라고요. 그래도 감당하지 못할 수준은 아니지만. 저도 고민을 많이 하고 결정한 거예요. 어쩌겠어요. 애도 내년엔 학교도 들어가야 되고요. 예전 동네는 너무 험했거든요."

그때 평화가 메고 있는 가방 안에서 벨소리가 들렸다. 평화는 고개를 갸웃하며 가방을 열고 휴대전화를 꺼냈다. 액정에는 '민지'라는 글자가 떴다. 한참을 망설이던 평화는 전화를 받았다. 그러고 잠시 가만히 있다가 전화를 끊고 배터리까지 뺐다.

"왜 그러니, 평화야?"

주희가 물었다.

"아냐, 아무것도."

평화는 배시시 웃으며 고개를 가로저었다.

주희는 딸의 머리를 쓰다듬고는 카드를 꺼내 직원에게 내밀었다. 직원은 황송하다는 듯 두 손으로 카드를 받았다.

"일시불이에요. 할부로 하면 나중에 헷갈려서요. 깔끔한 게 좋잖아요."

주희는 다소 거만한 목소리로 말했다.

42

민지가 아이들을 데리고 복도로 나왔다. 아이들은 모자 하나를 사시고 아옹다옹 다퉜다. 호세는 밖에 나가면 춥다며 수아에게 모자를 씌어주려고 했고, 수아는 계속 머리가 아프다며 뿌리쳤다. 민지는 계속 남편과 통화를 시도하면서 아이들에게 주의를 주었다. 여전히 성수는 전화를 받지 않았다.

"빨리 모자 좀 써."

"아, 싫어. 싫다고."

"밖에 추워."

호세가 동생을 타이르며 머리에 모자를 씌었다.

"애들아, 그만 좀 해. 엄마 지금 통화 중이잖아, 응?"

호세가 흘끔 엄마를 쳐다보았다.

"엄마, 우리 다시 미국 가서 사는 거야?"

두 아이는 눈을 동그랗게 뜨며 엄마의 대답을 기다렸다. 민지는 잠시 머뭇거렸다. 아이들은 고개를 갸웃했다.

"응, 그럴 거야."

민지는 아이들을 바라보며 고개를 끄덕였다.

"엄마! 잠깐만! 잠깐만! 나 모자! 모자!"

그러더니 호세가 다시 집으로 들어갔다.

"엄마, 나 머리 아프단 말이야."

"알았어, 조금만 참아."

민지는 엘리베이터를 흘끔 쳐다보았다. 무슨 일인지 아까부터 2층에서 멈춰서 움직이지를 않는다. 고장은 아닌 것 같았다. 엘리베이터를 가만히 지켜보던 민지는 안 되겠는지 수아의 손을 잡고는 집으로 들어간 호세를 불렀다.

"백호세, 빨리 나와. 계단으로 내려갈 거야."

"응!"

씩씩하게 대답한 호세가 나오면서 현관문을 잡고 있던 수아의 머리를 가볍게 치고 도망가듯 계단을 내려갔다.

"엄마! 오빠가 또 때렸어!"

수아는 엄마에게 이르더니 잡고 있던 현관문을 놓고 오빠를 쫓아 계단을 내려갔다.

"잡아봐."

호세가 수아를 놀리는 소리가 들렸다.

"너, 잡히면 죽었어."

"잡아보라니까."

분하다는 듯 수아도 소리를 질렀다.

"얘들아, 조심해. 그러다가 넘어지면 큰일 나. 호세야, 수아야!"

민지도 아이들을 부르며 계단을 내려갔다.

5층에서 아이들을 따라잡은 민지는 다시 한 번 엘리베이터 버튼을 눌러보았다. 마찬가지였다. 엘리베이터는 여전히 2층에서 움직이질 않았다. 한숨을 내쉬고 아이들의 손을 잡고 계속 계단을 내려갔다.

점차 2층이 가까워지면서 소란스런 소리가 들리기 시작했다.

민지는 2층 층계참에 멈춰 서서 205호 앞에 경비 최 씨를 포함해 몇몇 사람들이 모여 있는 것을 보았다. 처음 보는 중년 여자가 205호에 사는 남자랑 아는 사이라면서 문을 열어 달라고 요구하고 있었다. 그 옆에서 딸로 보이는 어린아이가 울고 있었다.

"아무리 그래도 문은 좀……."

최 씨는 난감하다는 듯 말끝을 흐렸다.

"아니. 이 문자 좀 보세요. 저보고 당분간 연락하지 말래요. 그 전까지 저하고 웃으며 통화하던 사람이, 상식적으로 이럴 수 있어요? 그럼 애는 어쩌라고. 아직 호적에만 못 올렸지, 애가 누구 앤데. 참나."

여자가 휴대전화까지 보여줘 가며 최 씨에게 따졌다.

"그러니까 그건 두 분 사이 일이니까……."

최 씨는 식은땀을 흘렸다. 아무리 말려도 여자는 막무가내였다. 그동안 여러 사람을 상대해봤지만 이런 타입은 정말이지 감당하기 힘들었다. 최 씨는 엘리베이터를 흘끔 쳐다보았다. 관리소장이 오려면 아직 시간이 걸리는 모양이었다. 그때까지 버텨낼 수 있을지 의문이었다. 여자가 너무 완강했다.

"봐요, 이거 때문에 내가 지금 일본에서 왔다고요. 네?"

이제 여자는 항공권까지 들이밀었다. 자기 말을 못 믿어서 이러는 줄 아는 모양이었다. 여자는 무엇이 문제인지 모르는 것 같았다. 하지만 최 씨도 제대로 납득시킬 자신이 없었다. 설사 설명을 해준다고 해도 상대가 납득할 것 같지도 않았다.

이래저래 진퇴양난이었다.

최 씨는 난감한 듯 고개를 돌리다가 민지와 시선이 마주쳤다. 민지는 살짝 목례를 했다. 최 씨는 짧게 한숨을 내쉬었다.

흥미를 잃은 민지는 아이들을 데리고 서둘러 계단을 내려갔다. 205호 앞을 지날 때, 슬쩍 여자의 얼굴을 살폈다. 그러다가 여자와 눈이 마주치자 얼른 시선을 피하고 1층으로 내려갔다.

43

"지금 급해 죽겠는데. 네? 올 때마다 이렇게 잡으면 어쩌라는 거예요!"

"그렇다고 그렇게 무시하고 안으로 들어가시면 안 되죠!"

관리실 앞에서 퀵서비스 직원으로 보이는 청년과 젊은 경비가 실랑이를 벌였다. 퀵서비스 직원은 어떻게든 안으로 들어가려고 했고, 경비는 경비대로 완강하게 제지하는 중이었다. 최근에 불거진 일들로 당분간 외부인 출입제한을 엄격하게 하라는 관리소장의 지시가 있었다.

"나, 이거야 원. 정말 더러워서 못 해먹겠네."

퀵서비스 직원이 바닥에 침을 탁 뱉으며 성질을 부렸다.

"뭐라고요? 이봐요, 누군 이렇고 싶어서 이럽니까. 방침이 그런 걸 어쩌라고요."

두 사람이 언쟁을 벌이고 있는 가운데, 주희가 장바구니를 들고 평화와 함께 관리실을 지나갔다.

"……?"

눈썰미가 좋은 편인 경비가 미심쩍다는 얼굴로 주희 모녀를 흘끔 쳐다보았다. 곧 옷차림을 보고 의심을 풀었다. 추리닝바람에 슬리퍼차림으로, 그것도 커다란 장바구니를 들고 남의 아파트까지 산책을 나올 사람은 없다.

경비는 그렇게 생각하고 다시 본연의 임무로 돌아가 퀵서비스 직원을 기어이 돌려보냈다.

"엄마! 저기 개! 진짜 귀여워."

평화가 맞은편 보도에서 개를 데리고 산책하는 여자를 보더니 호들갑을 떨었다. 20대로 보이는 젊은 여자가 말티즈 두 마리를 끌고 놀이터로 걸어가고 있었다. 부럽다는 듯 여자에게서 시선을 떼지 못하는 평화를 보고 주희가 부드러운 목소리로 물었다.

"우리도 키울까?"

"진짜? 진짜? 키울 수 있어?"

평화가 믿을 수 없다는 듯 엄마를 쳐다보았다.

주희는 고개를 끄덕였다.

"그럼, 키울 수 있지."

"우와!"

"춥다! 빨리 들어가자."

"엄마, 정말 키울 거야?"

평화가 집요하게 물었다.

주희는 그렇다며 고개를 끄덕였다.

"평화야! 저녁엔 피자 먹을까?"

"피자! 피자!"

평화가 신이 나서 피자를 외쳤다.

주희는 평화의 머리를 쓰다듬고는 아파트 건물로 들어갔다. 엘리베이터를 타고 2층에서 내린 주희는 눈앞에 펼쳐진 광경에 우뚝 멈춰 섰다.

최 씨가 마스터키로 205호의 문을 열고 있었다. 그러자 웬 중년 여자가 평화 또래의 여자 아이를 데리고 집 안으로 들어갔다.

"정남 씨? 정남 씨, 안에 없어?"

그때 관리소장이 헐레벌떡 뛰어왔다.

"이봐, 최 씨! 당신 지금 미쳤어? 내가 기다리라고 했지."

"그게 이분이 워낙 막무가내로 우겨서. 문을 안 열어주면 경찰을 부른다고……."

"그래도 기다렸어야지!"

버럭 소리를 지르던 관리소장은 주희를 의식하고는 목소리를 낮췄다. 주희는 어색하게 웃으며 안을 들여다보았다.

주방에서는 전기밥솥이 김을 내뿜고 있었고, 세탁기가 돌아가는 소리도 들렸다. 그 세탁기 안에는 주희와 평화의 속옷이 들어있었다.

“어머나, 이 집은 우리 집이랑 인테리어가 다르네? 그런데
무슨 일이 있나요?”

주희가 아무렇지도 않게 태연한 얼굴로 물었다.

“예?”

최 씨는 주희를 흘끔 쳐다보았다. 행색이나 말하는 본새를
보면 이곳 주민 같은데 이상하게 낯설었기 때문이다. 석연치
않아서 주희에게 뭔가 물어보려고 다가가는데, 갑자기 안에
서 찢어지는 비명소리가 들렸다.

“또 뭐야?”

관리소장은 사색이 되어 안으로 급히 뛰어 들어갔다. 그러
더니 곧바로 다급한 목소리로 최 씨를 불렀다.

“이봐, 최 씨! 빨리 이리 좀 와봐, 어서!”

최 씨가 허둥대며 안으로 들어갔다. 곧이어 뭔가 끔찍한
걸 봤는지 두 남자의 신음소리가 들렸다.

주희가 점점 얼굴을 일그러뜨리며 나직하게 중얼거렸다.

“여기는, 여기는 내 집이야…….”

44

　성수는 어둠속에서 물방울이 떨어지는 수리를 들었다. 히지만 의식이 아득해서 눈을 뜰 수가 없었다. 어떤 남자가 중얼거리는 소리도 들렸다. 형의 목소리 같았다. 성수는 의식을 집중하고 그 목소리에 귀를 기울였다.

　"왜 그랬어? 왜, 거짓말을 했어!"

　그 목소리에 이끌려 성수는 눈을 떴다.

　성철이 눈앞에 있었다.

　"왜 그랬어? 왜 그랬어?"

　미처 달아날 틈도 없이 성철이 두 손으로 성수의 목을 단단히 붙잡고 조르기 시작했다.

　성수는 어떻게든 벗어나려고 발버둥을 쳤지만 그럴수록 더욱 세게 조여 왔다. 차츰 숨이 막히고 시야가 흐려졌다.

　"미안해, 형……."

　성수가 가까스로 내뱉었다.

　목을 조이던 힘이 조금은 느슨해졌다. 하지만 아직은 벗어날 수가 없었다. 성수의 의식이 점점 가라앉았다.

그 아련한 감각 속에서 다른 목소리가 들렸다.

따듯하고 그리운 목소리였다.

"성수야. 오늘부터 여기가 네 집이다. 알겠니?"

목소리에 이끌려 눈을 뜨니 젊은 날의 아버지가 어린 성수의 손을 잡아주고 차에서 내려주었다. 성수는 까까머리에 허름한 옷차림이었다. 아버지가 트렁크에서 짐을 내리는 동안, 성수는 눈을 휘둥그레 뜨며 앞으로 자기가 살아갈 집을 쳐다보았다. 눈앞에 있는 2층짜리 양옥집은, 성수가 일곱 살까지 살았던 보육원과는 완전히 달랐다.

"뭐해, 어서 들어가자."

아버지가 먼저 집 안으로 들어갔다.

쭈뼛거리며 따라 들어가자 온화한 인상의 엄마가 형과 함께 거실에서 기다리고 있었다. 얼굴에 두드러기가 가득한 성철은 엄마의 손을 꼭 잡고 호기심 어린 눈으로 성수를 쳐다보았다. 동생이 생겨서 기쁘다는 듯 환하게 웃고 있었다.

그래, 그때 형은 나를 보고 그렇게 웃었어.

형은 내가 와서 정말 기쁘다고 했었지.

성수는 그 미소가 너무 눈부셔 살며시 눈을 감았다. 집안에 감도는 따듯한 온기가 성수를 감쌌다. 이전에는 결코 느껴볼 수 없었던 '가족'이라는 온기였다. 성수는 너무 행복한 나머지 가슴이 벅찼다. 그러면서 한편으로는 실감이 나지 않았다. 내가 이런 행복을 누려도 되는 것일까. 어쩌면 신기루가 아닐까. 이 행복이 언제까지 유지될까. 결국 나는 부모님의 친자식이 아니다. 형과는 다르다. 형하고는…….

"미안해. 부모님이 형을 더 좋아하면 다시 쫓겨날 거라고 생각했어. 너무 불안했어. 내 자리가 없어보였어. 그 보육원으로는 다시 돌아가기 싫었어. 이 집에 계속 있고 싶었어. 너무 행복해서, 그래서 그 행복을 잃을까봐 두려웠어. 그래서 형이 없으면, 형만 없으면……."

눈물을 글썽이던 성수는 가만히 눈을 떴다. 분해서인지 슬퍼서인지 모르겠지만 성철의 눈에도 눈물이 고여 있었다.

"미안해, 형. 미안해. 그러면 안 되는 거였는데, 그때는 나도……."

성수는 눈을 감았다.

뜨거운 눈물이 뺨을 타고 흘러내렸다.

성철도 눈물을 흘리면서 성수의 목을 힘껏 졸랐다.

"헉!"

순간, 성수는 신음을 토하며 정신을 차렸다. 그런 꿈을 꿔선지 목이 갑갑하고 따끔거려서 기침을 했다.

어두컴컴한 걸로 보아 장롱 안인 것 같았다.

성수는 간신히 마음을 추스르고 고개를 돌렸다.

바로 옆에 희미하게 상만이 보인다. 성수가 상만을 흔들어 보지만 죽었는지 미동도 하지 않았다. 반대편으로 고개를 돌리니 성철의 시체가 보였다.

형의 시신을 잠시 바라보던 성수는 몸을 움직여보았다. 여기저기 욱신거리긴 했지만 움직이는 덴 지장이 없었다.

성수는 두 사람을 밀어냈다.

무엇으로 봉했는지 장롱 문이 꿈쩍도 하지 않았다.

성수는 손을 더듬었다. 뭔가 단단한 물건이 잡혔다. 볼트를 죌 때 쓰는 공구였다. 성수는 그것을 쥐고 문을 힘껏 두들겼다.

몇 번을 내리치자 문에 구멍이 났다.

성수는 계속해서 공구를 휘둘렀다.

계속해서.

45

여전히 남편은 전화를 받지 않았다.

벌써 열 번도 넘게 전화를 걸어봤지만 계속 전원이 꺼졌다는 안내방송만 흘러나왔다. 뭔가 이상하다고 생각했다. 남편의 결벽증을 생각한다면 설사 배터리가 나갔더라도 지금쯤이면 재충전해서 전원을 켜놨어야 한다. 요 며칠 서로 소원했다고는 하지만 전화를 일방적으로 받지 않을 만큼 남편은 무정한 사람이 아니다.

'어떻게 된 거야, 정말.'

이제 민지는 슬슬 걱정이 되기 시작했다.

민지는 다시 전화를 걸었다. 이번에도 똑같은 메시지만 나왔다. 민지는 전화를 끊지 않고 음성사서함으로 넘어가기를 기다렸다.

"여보세요? 여보, 지금 어디에요. 무슨 일이 있는 건 아니죠. 나 지금 공항으로 가려고요. 애들 먼저 미국에 보내려고 해요. 당신하고 미리 상의를 했어야 하지만, 나도 어쩔 수가

없었어요. 당신이 이해해줘요. 메시지 확인하면 바로 연락
줘요.”

녹음을 마친 민지의 어깨를 호세가 툭툭 건드렸다. 민지는
무슨 일인가 싶어 호세를 쳐다보았다.

“엄마, 수아가 이상해.”

호세가 걱정스럽게 말했다.

뒷좌석을 보니 수아가 식은땀을 흘리며 끙끙대고 있었다.
찬바람을 쐬서 감기에라도 걸린 모양이었다. 민지는 수아의
이마를 짚어보았다. 생각보다 열이 높았다.

“안 되겠다. 엄마, 집에 가서 약 가지고 올 테니까 문 잠그
고 기다리고 있어. 알았지?”

민지는 아이들에게 신신당부를 하고 급히 차에서 내렸다.

건물 안으로 들어가기 전에 흘끔 돌아보니 차 안에서 호세
가 물끄러미 바라보고 있었다.

민지는 서둘러서 집으로 올라갔다. 다행히 이번에는 엘리
베이터가 제대로 작동했다. 초조한 마음으로 8층까지 올라
간 민지는 엘리베이터 문이 열리자마자 급히 뛰어내렸다. 민
지는 현관문이 확실히 잠겨있는지 확인하고 비밀번호를 누
르고 안으로 들어갔다.

“해열제, 해열제를 어디에 뒀지.”

마음이 급해선지 잘 기억이 나지 않아 집 안을 헤매고 다

녔다. 그러다가 거실 수납장에서 해열제를 찾았다.

그때 밖에서 사이렌 소리가 들렸다.

민지는 무슨 일인가 싶어 베란다로 가서 밖을 내다보았다.

경찰차와 구급차가 보였다. 꽤 많은 사람들이 모여 있었다. 그중에 아까 2층에서 봤던 중년 여자도 보였다. 무슨 일인지 경찰을 붙잡고 오열하고 있었다. 구급대원 둘이 들것에 누군가를 싣고 구급차로 나르는 게 보였다.

전화벨이 울렸다.

휴대전화로 전화가 왔다.

민지는 남편일지도 모른다는 생각에 전화기를 꺼냈다.

액정에 뜬 번호는 모르는 번호였다.

잠시 망설이던 민지는 조심스럽게 전화를 받았다.

"여보세요?"

"여보세요, 당신이야?"

남편이었다.

"여보! 여보, 당신이야?"

민지는 자기도 모르게 소리쳤다. 휴대전화는 어쩌고, 공중전화로 걸고 있는지 동전 떨어지는 소리가 들렸다.

"아직 형 아파트 근처야. 그보다 민지야, 괜찮지?"

"당신, 내가 얼마나 전화를 많이 했는지 알아? 어떻게 된 거야. 당신이야말로 괜찮은 거지? 어디야?"

“민지야. 잘 들어. 잘 들어야 돼.”

갑자기 성수가 이름을 부르자, 민지는 자기도 모르게 바짝 긴장했다. 성수는 잠시 뜸을 들였다가 심호흡을 하고 말을 이었다.

“그 여자야.”

“뭐가?”

민지가 되물었다.

“그때 왜, 기억 안나? 우리가 형 아파트에서 봤던 여자 있잖아.”

“그 여자가, 왜요?”

성수가 대답을 망설였다.

민지는 남편의 호흡이 거칠어지는 것을 느꼈다.

“여보?”

“그 여자가 죽인 거야.”

“네?”

민지는 너무 뜻밖의 말이었는지 잠시 멍한 상태가 되었다.

“그 여자가 죽인 거라고, 우리 형.”

성수가 다시 한 번 또박또박 말했다.

민지는 말문이 막혀버렸다.

“…….”

“그리고 나도 당했어. 그 여자가 다 가져갔어. 내 지갑, 집

키, 카드. 내 핸드폰도 가지고 있어. 듣고 있니?"

"당신 정말 괜찮은 거예요?"

"어, 지금은 괜찮아. 참, 아이들은?"

"네? 가, 같이 있어요."

민지는 대답을 하면서 입술을 깨물었다.

"그래, 우선 경찰에 신고하고 나도 지금 갈 테니까. 일단 집 말고 다른 데 가 있어. 알겠지? 도착하면 바로 연락할게."

"여보, 조심하세요."

"꼭 숨어있어!"

그리고는 성수가 전화를 끊었다.

민지도 전화를 끊고 바로 경찰에 신고한다는 것이 습관처럼 남편의 단축번호를 누르고 말았다. 그때 집 안 어딘가에서 귀에 익은 멜로디가 들렸다. 성수의 휴대전화 벨소리였다. 소리는 짧게 울리다가 바로 끊겼다.

민지는 화들짝 놀라며 소리가 들려온 주방으로 고개를 돌렸다. 그때서야 아일랜드 탁자 위에가득 놓인 물건들을 보았다. 조금 전까지는 너무 경황이 없어서 눈에 들어오지 않았던 것이다. 민지는 비닐봉지에 인쇄된 마트 이름을 보고 덜컥 겁이 났다.

"그리고 나도 당했어. 그 여자가 다 가져갔어. 내 지갑, 집 키, 카드. 내 핸드폰도 가지고 있어. 듣고 있니?"

남편이 해준 말이 생각났다. 아까 정신없이 날아온 문자 메시지들을 떠올리고 민지는 급히 메시지 수신함을 확인해 보았다. 마지막에 쓴 카드내역. 분명히 집근처 마트에서 결제했다. 그리고 지금 보고 있는 비닐봉지가 그 마트의 것이다.

민지는 잔뜩 긴장한 얼굴로 천천히 걸음을 옮겼다. 주방이 아니라 현관문으로 살금살금 걸어갔다.

다시 휴대전화로 전화가 걸려왔다.

벌써 남편이 도착한 건가. 민지는 의아애하며 휴대전화를 보았다. 발신자 번호가 남편의 휴대전화였다.

하지만 지금 남편에겐 휴대전화가 없다.

그렇다면…….

"뭐해, 전화를 걸었는데 받지도 않고."

섬뜩한 목소리가 바로 등 뒤에서 들려왔다.

민지는 깜짝 놀라 뒤를 돌아보았다.

주희가 쇠파이프를 쥐고 주방 쪽 통로에 서서 피식 웃고 있었다.

비명을 지를 새도 없이 민지는 주희가 휘두른 쇠파이프에 머리를 얻어맞고 그대로 축 늘어졌다. 힘없이 벽에 기대어 서서히 가라앉는 민지의 머리에서 피가 흘러내려 바닥을 적셨다. 주희는 쇠파이프를 내려놓고 걸레를 가져와 아무렇지

　　　　　　　　　　　

도 않게 콧노래를 부르며 바닥에 흐르는 피를 닦기 시작했
다.

"못 찾겠다, 꾀꼬리. 평화야, 나와라."

그러자 드레스 룸에서 평화가 뛰어나왔다.

"엄마, 봤어? 벽장! 벽장이 완전 커! 대박!"

주희는 피식 웃더니 마트에서 사온 물건들을 정리하기 시
작했다.

46

성수는 공중전화부스에서 나와 절룩거리며 차로 달려갔다.

운 좋게도 주희가 차를 가져가지 않았다. 이유를 찾자면 여러 가지가 있을 것이다. 스틱 운전에 익숙하지 않아서일 수도 있고, 무엇보다 비싼 돈을 들인 도난방지 지문인식 시스템일 것이다. 이유야 어떻든 그건 중요하지 않았다. 당장 가족에게 달려갈 수 있는 수단이 있다는 사실만 중요했다.

다행히 타이어 휠 안쪽에 스페어로 숨겨둔 보조키도 그대로 있었다. 정말 죽으란 법은 없었다.

차에 올라탄 성수는 곧바로 시동을 걸었다.

그러고는 내비게이터를 켜고 집까지 최단코스를 찾아보았다. 바로 출발하려다가 순간 머뭇거렸다. 만약에 아내가 경찰에 신고하지 않았으면 어떻게 하지? 성수는 공중전화부스를 흘끔 쳐다보았다. 다시 내려서 전화를 걸어야할지 망설였다. 하지만 그럴 여유가 없었다. 조금 있으면 퇴근시간이랑 맞물려 도로 상태가 나빠질 수도 있었다. 초조해진 성수는 이를 악물고 액셀을 힘껏 밟았다.

다리에 힘이 들어가니 욱신거리며 상처가 벌어졌다. 상처를 감싼 붕대가 붉게 물들었다. 하지만 상처를 돌볼 틈이 없었다. 죽을 것처럼 아파도 견뎌내야 했다.

47

자다가 깬 수아가 대시보드의 시계를 확인했다. 엄마가 약을 가지러 간 뒤로 꽤 시간이 흘렀다. 수아는 옆에서 졸고 있는 호세를 흔들어 깨웠다. 호세가 하품을 하면서 동생을 쳐다보더니 이마에 손을 짚었다. 다행히 그사이에 열이 내렸다.

"오빠. 엄마 왜 이렇게 안 와?"

"전화해볼까?"

수아가 고개를 끄덕거렸다.

"알았어. 기다려 봐."

호세가 엄마에게 전화를 걸었다. 신호음이 몇 번 울리고 전화가 연결되었다. 하지만 아무 말도 없었다.

"엄마?"

호세가 고개를 갸웃했다.

"……."

여전히 말이 없었다.

“왜, 안 와? 수아, 일어났어. 빨리 와. 차에 있으니까 답답하단 말이야. 춥고. 엄마, 뭐해? 엄마?”

갑자기 전화가 뚝 끊겼다. 다시 전화를 걸어보았지만 전화를 받지 않는다.

“엄마가 뭐래?”

“몰라. 아무 말도 안 하는데?”

“다시 해봐.”

“해봤어. 근데 안 받아.”

수아가 상심한 듯 고개를 푹 숙였다.

“그래도 금방 올 거야.”

호세가 동생을 위로했다.

“오빠, 나 추워.”

“추워?”

“응, 추워.”

호세는 의젓하게 동생을 안아주었다.

잠시 후, 오빠 품에서 꾸뻑꾸뻑 졸던 수아는 건물출입구에 불이 밝혀지는 것을 보고 게슴츠레하게 눈을 떴다. 센서가 작동해서 불이 켜졌다는 것은 누군가가 들어가거나 나오고 있다는 이야기였다.

수아는 혹시 엄마가 아닐까 싶어 고개를 쭉 빼고 밖을 내다보았다.

“왜 그래?”

호세가 물었다.

“누가 나오는 거 같아.”

“누가?”

“몰라. 엄마가 아닐까.”

동생의 말에 호세도 혹시나 하는 마음에 밖을 보았다.

그때 누군가가 갑자기 앞창을 두드렸다.

깜짝 놀란 두 남매는 황급히 고개를 돌렸다.

주희가 장대우산을 흔들며 아이들을 보고 웃고 있었다. 그런데 그녀가 입고 있는 옷이 어딘가 눈에 익었다.

“얘들아. 너희들, 호세랑 수아지?”

두 남매는 멀뚱히 쳐다만 보았다.

“아줌마 기억해?”

주희가 물었다.

수아와 호세는 서로 쳐다보더니 다시 주희를 보며 동시에 고개를 흔들었다.

“안 나는구나. 얘들아! 너네 엄마가 급하게 볼일이 생겨서 네들 좀 챙겨달라고 아줌마한테 부탁했어.”

“네?”

호세가 되물었다.

“곧 돌아온다니까, 잠깐 위에 우리 집에 올라가서 기다리고 있자. 자, 빨리!”

수아가 고개를 끄덕이며 문을 열려고 했다. 그러자 호세가 수아를 말리며 고개를 저었다. 수아가 오빠를 보며 이유를 물었다.

“왜 그래?”

“엄마가 절대 문 열어주지 말랬잖아.”

“하지만…….”

수아가 말끝을 흐리며 주희를 쳐다보았다.

“안 열거야?”

주희가 차창을 두드렸다.

수아가 오빠를 쳐다보았다.

호세는 입모양으로 안 된다고 말하고 주희를 흘끗 쳐다보았다.

“아줌마, 그 옷 우리 엄마 건데.”

“무슨 소리하는 거야.”

당황한 주희는 어색하게 웃어보였다.

“그 옷 어디서 났어요? 우리 엄마가 준 거야?”

호세가 따지듯이 물었다.

주희의 얼굴이 일그러졌다.

“이 옷 내 거야. 내 거라고.”

“그럼, 아줌마. 우리 엄마 어디 있어요?”

"문 좀 열고 얘기해보자. 응? 문 좀 열어봐."

"싫은데."

호세가 단호하게 거절했다.

"문 열라고! 당장!"

그러자 주희는 갑자기 버럭 소리를 지르며 사정없이 문을 잡아당겼다. 몇 번을 그러다가 여의치 않자 반대편으로 달려갔다.

호세는 황급히 그쪽 문도 잠겼는지 확인했다.

"애들아, 이 문 좀 열어."

주희가 손바닥으로 거칠게 차창을 두드렸다.

두 남매가 동시에 고개를 흔들었다.

"야! 문 열어! 내 말, 안 들려? 왜, 남의 차에 들어가 있어. 빨리 나와! 어서! 자꾸 아줌마 화나게 할래?"

주희는 완전히 돌변해서 얼굴을 사납게 일그러뜨리며 고래고래 소리를 질러댔다. 주먹으로 문을 때리고 심지어 발로 걸어차기까지 했다. 금방이라도 문을 부술 기세였다.

"아냐! 이거 우리 차야. 우리 차라고!"

수아도 지지 않고 비명을 지르듯 소리를 질렀다.

주희가 갑자기 동작을 멈추더니 언제 그랬냐는 듯 생긋 웃어보였다.

"애들아, 무슨 소리니. 이거 우리 집 차잖아."

"아냐, 이거 우리 차야. 우리 엄마 차야."

수아가 울먹거리며 대꾸했다.

"너희 차라고? 정말?"

주희가 정색하더니 보란 듯이 호주머니에서 자동차 키를 꺼냈다. 그러더니 피식 웃으며 리모컨을 누르자, 딸깍 소리를 내며 잠금장치가 풀려버렸다.

"자, 이래도?"

주희가 눈을 허옇게 뜨며 아이들에게 물었다.

두 남매는 대답도 못하고 뒤로 바짝 물러났다.

"당장 내 차에서 내려!"

주희가 고함을 지르며 뒷좌석의 문을 열었다. 그러고는 호세의 발목을 덥석 잡았다. 수아가 비명을 질렀다.

"오빠!"

호세가 잡히지 않은 발로 주희의 얼굴을 걷어찼다.

"아! 이 녀석이……."

주희가 외마디 비명을 지르며 얼굴을 감쌌다. 그사이에 호세는 수아를 데리고 반대편 문으로 뛰어내렸다.

"수아야, 뛰어."

주희는 입가에 흘린 피를 손등으로 훔치며 저만치 달아나는 두 아이를 사납게 노려보았다. 그러고는 분한 듯 중얼거렸다.

“죽여 버릴 거야.”

48

"도와주세요! 아무도 없어요? 도와주세요!"

수아와 호세는 도움을 청하며 주차장 끝으로 달아났다. 하지만 아무리 외쳐도 주변엔 아무도 없었다.

"아무도……."

호세가 황급히 수아의 입을 막으며 기둥 뒤로 끌어당겼다.

수아가 쳐다보자 호세는 눈짓으로 앞을 가리켰다.

"애들아, 어디 있니? 어서 나오렴."

주희였다.

장대우산을 바닥에 질질 끌며 아이들을 찾고 있었다.

"이상하네? 분명히 이쪽으로 오는 걸 봤는데, 어디에 숨었을까."

주희는 눈을 희번덕거리며 주변을 둘러보았다. 그러다가 갑자기 이를 드러내며 활짝 웃었다.

"그래, 좋아. 너희들 숨바꼭질 좋아하는 구나? 아줌마도 정말 좋아해. 그럼 우리 숨바꼭질을 해볼까?"

피식피식 웃으면서 주희가 느릿하게 걸음을 옮겼다. 마치 먹이를 노리는 암사자처럼 은은히 살기를 풍겼다.

"꼭꼭 숨어라, 머리카락 보인다. 꼭꼭 숨어라, 눈알이 보인다."

주희의 섬뜩한 목소리가 주차장에 울려 퍼졌다.

호세는 동생을 끌어안고 기둥 뒤에 숨었다.

"오빠, 어쩌지?"

수아가 물었다.

"쉿!"

호세는 황급히 주의를 주었다.

그때 갑자기 주희가 조용해졌다.

"……."

수아가 불안해졌는지 오빠를 쳐다보았다. 호세는 수아를 다독이고는 천천히 기둥 밖으로 고개를 내밀었다.

주희의 모습이 보이지 않았다.

호세는 수아에게 건물 안으로 들어가는 출입구를 가리켰다. 수아가 오빠의 뜻을 이해하고 고개를 끄덕였다.

두 남매는 입모양으로만 셋을 세고, 그쪽으로 냅다 뛰었다.

바로 그 순간, 차들 사이에서 주희가 튀어나왔다.

"찾았다!"

수아가 자지러지게 비명을 질렀다.

호세는 동생의 손을 꼭 잡고는 출입구로 향해 계속 달렸다.

"어디 가니, 얘들아. 아줌마랑 놀아야지."

주희가 키득거리며 아이들을 쫓아갔다.

"수아야, 뛰어!"

"엄마!"

아이들은 비명을 지르며 출입구로 힘껏 달려갔다.

하지만 어른인 주희를 따돌리기에는 둘 다 너무 어렸다. 순식간에 아이들을 따라잡은 주희는 손을 뻗어 수아의 옷깃을 잡았다.

"잡았다!"

수아가 비명을 지르며 주희를 뿌리쳤다. 주희도 놓치지 않겠다는 듯 옷깃을 단단히 움켜쥐었다.

"내 동생, 놔줘!"

호세가 갑자기 주희에게 달려들어 수아를 잡고 있는 손목을 물었다.

"아!"

주희가 비명을 지르며 수아를 놓아주었다. 그러고는 호세의 머리카락을 움켜쥐고 힘껏 패대기쳤다.

호세가 바닥에 넘어졌다.

“이 녀석들이 보자보자 하니까…….”

주희가 씩씩거리며 아이들에게 다가갔다.

순간, 갑자기 환한 불빛이 쏟아졌다. 눈이 부셔 주희는 두 손으로 얼굴을 가렸다. 그 틈을 놓치지 않고 호세가 수아를 데리고 건물 출입구로 뛰었다.

자동차 소리가 들렸다.

불빛의 정체는 자동차의 헤드라이트였다. 갑자기 나타난 외제차가 경적을 요란하게 울리면서 그대로 주희를 향해 쇄도했다.

성수였다.

성수는 경적을 누르며 주희 쪽으로 차를 몰았다.

주희가 등을 돌려 달아났다.

성수는 그대로 뭉개버리겠다는 듯이 속도를 줄이지 않고 액셀을 힘껏 밟았다.

주희가 기둥을 등지고 휙 돌아섰다.

순간, 쿵 하고 육중한 소리가 주차장 안에 울려 퍼졌다. 곧 이어 경적 소리도 기적소리처럼 길게 울렸다.

기둥을 들이받은 성수의 차에서 하얀 연기가 피어올랐다.

간발의 차로 몸을 피한 주희가 천천히 일어서더니 다시 아 이들을 쫓아갔다.

“안 돼, 거기 서!”

성수가 다급하게 외쳤다. 바로 내려서 쫓아가고 싶었지만 차가 충돌하면서 운전석이 우그러져 몸을 빼내기가 어려웠다. 게다가 안전벨트까지 어딘가에 걸렸는지 풀리지가 않았다. 아이들의 비명소리가 들렸다. 출입구 쪽으로 고개를 돌리니 어느 샌가 다시 아이들을 찾아낸 주희가 바짝 쫓아가고 있었다.

"기다려, 기다리라고."

성수는 사력을 다해 운전석에서 빠져나왔다.

하지만 바닥에 발을 딛는 순간, 마치 수만 볼트에 감전된 것처럼 강렬한 통증이 다리를 엄습했다. 오른쪽 다리 전체가 벌겋게 물들어있었다. 상처가 벌어져서 출혈이 심했다. 성수는 가까스로 넘어지는 것을 피하고 차를 짚고 균형을 잡았다.

아이들이 먼저 출입구 안쪽으로 들어가는 게 보였다.

주희는 그보다 열댓 걸음 정도 떨어져서 힘겹게 달려가고 있었다.

"우리 애들한테 손대지 마."

성수는 이를 악물고 다리를 절면서 그쪽으로 뛰어갔다. 몇 번이고 넘어질 것처럼 휘청거렸지만 그때마다 가까스로 균형을 잡고 부지런히 걸음을 뗐다. 이마에서 식은땀이 흐르고 다리가 후들거렸지만 절대로 멈추지 않았다. 그렇게 사력을 다해 뛴 덕분에 주희와 간격을 빠르게 줄일 수 있었다.

"거기 서!"

성수가 버럭 소리를 질렀다.

주희가 유리문 앞에 서서 이쪽을 쳐다보았다. 그녀는 웃으면서 보안카드를 흔들어보였다. 원래 성수의 것이었다.

성수는 분노로 이글거리는 눈으로 주희를 노려보았다.

그사이에 아이들이 엘리베이터 앞에서 기다리고 있었다.

성수가 성큼성큼 다가가자, 주희는 정색하더니 성수의 보안카드로 유리문을 열고 안으로 들어갔다.

"안 돼!"

성수가 급히 뛰어갔지만 유리문은 속절없이 닫혀버렸다.

유리문 건너편에서 주희가 비웃고 있었다.

성수는 고함을 지르며 주먹으로 유리문을 내리쳤다. 하지만 단단한 강화유리로 돼있는 유리문은 꿈쩍도 하지 않았다.

주희는 어깨를 으쓱하더니 등을 돌려 엘리베이터 앞에 있는 아이들에게 걸어갔다.

"돌아와! 야, 돌아오라고!"

성수가 마구 소리치며 문을 두드렸다.

주희는 잠시 걸음을 멈추더니 성수를 도발하듯 흘끔 뒤를 돌아보았다. 그사이에 아이들이 엘리베이터에 올라탔다.

주희가 성수를 무시하고 곧바로 아이들을 쫓아갔다. 하지만 아이들이 빨랐다. 그녀가 도착하기 전에 엘리베이터 문이 닫히고 위로 올라가기 시작했다. 주희가 분하다는 듯 주먹을 쥐고 엘리베이터 문을 후려쳤다. 그러더니 성수를 흘끔 쳐다 보고는 계단으로 올라갔다.

성수는 그녀를 쫓아가려고 했지만 유리문을 통과할 방법 이 없었다. 자신의 보안카드는 지금 주희가 가지고 있었다.

억울해하던 성수는 한쪽 구석에 놓인 소화기를 발견했나.

성수는 그쪽으로 걸어가 소화기를 가지고 돌아왔다. 그러 고는 수화기를 머리 위로 번쩍 들어 있는 힘껏 유리문을 내 리쳤다.

한 번,

두 번,

세 번!

문이 부서질 때까지 온힘을 다했다.

서서히 유리문에 균열이 생겨나갔다.

성수는 이를 악물고 계속 수화기로 내리쳤다.

"애들아, 기다려."

49

엘리베이터에서 내린 호세와 수아는 급히 현관문으로 달려가 뒤를 살피며 비밀번호를 눌렀다. 다행히 문을 열 때까지 주희는 나타나지 않았다.

호세는 동생을 먼저 들여보내고 뒤따라 들어가 현관문을 힘껏 닫았다.

두 남매는 신발을 벗는 것도 잊은 채 거실로 뛰어갔다.

"엄마!"

수아가 흘끔 고개를 돌렸다가 부엌 쪽에 쓰러져 있는 민지를 발견하고 비명을 질렀다. 호세도 덩달아 소리를 질렀다.

"어떡해. 엄마 죽었나봐."

수아가 겁에 질려 울먹거렸다.

"아냐, 그렇지 않아."

호세가 쓰러져있는 민지에게 다가갔다. 수아도 쭈뼛거리며 오빠의 뒤를 졸졸 따라갔다. 호세는 엄마 옆에 가만히 앉아서 어깨를 잡고 흔들어 깨웠다. 하지만 민지는 눈을 뜨지 않았다. 수아도 오빠를 따라서 엄마를 깨웠다.

"엄마! 눈 좀 떠봐! 엄마!"

"오빠, 엄마 눈 안 떠. 어떡해, 어떡하면 좋아. 엄마, 눈 안 떠!"

수아가 울음을 터뜨렸다.

호세는 포기하지 않고 계속 민지를 흔들어 깨웠다..

그때 밖에서 누군가가 비밀번호를 누르는 소리가 들렸다. 두 남매는 소스라치며 손을 멈추고 서로 쳐다보았다.

미처 도망갈 새도 없이 현관문이 열렸다.

"애들아. 호세야, 수아야!"

의외로 문을 열고 들어온 사람은, 민지가 아니라 성수였다.

그때서야 아이들은 반색하며 현관으로 뛰어갔다.

"아빠!"

"애들아!"

성수는 아이들의 목소리를 듣고 반가운 나머지 그 자리에 무릎을 꿇고 두 팔을 벌렸다. 아빠를 부르며 달려가던 호세가 우뚝 멈췄다. 수아도 오빠를 따라 멈추더니 놀란 토끼눈으로 아빠를 쳐다보았다.

"아빠?"

호세가 하얗게 질린 얼굴로 성수의 뒤를 가리켰다.

　성수는 아이들의 표정에서 어떤 위험을 직감하고 몸을 낮추며 고개를 돌렸다.

　주희가 살금살금 발소리를 죽이며 다가오다가 성수와 눈이 마주치자 소리를 빽 지르며 쥐고 있던 쇠파이프를 힘껏 휘둘렀다. 성수는 피하는 게 여의치 않다는 걸 깨닫고 두 팔을 교차해서 쇠파이프의 타격을 막아냈다.

　둔중한 울림과 함께 격렬한 통증이 성수를 괴롭혔다. 성수는 비명을 삼키며 크게 휘청거렸다. 주희도 손에 전기 오르는 듯한 통증을 느끼고 쇠파이프를 떨어뜨렸다. 하지만 회복이 빠른 쪽은 주희였다.

　주희는 비틀거리는 성수의 등에 올라타고 목을 힘껏 졸랐다.

　성수가 주희를 떼어내려고 집안 여기저기에 몸을 부딪쳤다.

　연거푸 충격이 전해지자 주희도 떨어지지 않으려고 성수의 귀를 물어뜯었다.

　성수는 비명을 지르더니 손을 뻗어 머리칼을 움켜쥐고 힘껏 잡아당겼다. 그 상태에서 몸을 날려 기둥에 힘껏 부딪쳤다.

　끈질기게 붙어있던 주희가 외마디 소리를 지르며 나가떨어졌다.

성수는 벽을 짚으며 몸을 일으켰다.

주희도 오뚝이처럼 일어나더니 부리나케 아이들 방으로 도망갔다.

성수는 주희를 쫓으려다가 부엌 앞에 쓰러져 있는 민지를 발견했다.

"여보! 민지야, 눈 좀 떠봐, 민지야."

깜짝 놀라 민지에게 다가가 흔들어 깨웠다. 아이들이 그랬을 때와 마찬가지로 여전히 의식이 없었다. 성수는 민지의 맥을 짚어보았다. 다행히 아직 숨은 붙어있는 것 같았다. 성수는 민지를 다시 내려놓고 바닥에 떨어진 쇠파이프를 주워 들었다.

"아빠……."

호세가 다가와 성수를 붙잡았다. 성수는 호세를 떼어내고는 타이르듯이 말했다.

"경찰, 경찰에 전화해. 어서."

성수는 심호흡을 하고 주희가 달아난 아이들 방으로 걸음을 옮겼다. 몇 걸음을 더 떼자, 가벼운 뇌진탕 증세가 일었다. 어질어질하더니 시야가 뿌옇게 흐려졌다. 성수는 고개를 세차게 흔들었다. 그러고는 피가 나도록 입술을 세게 깨물었다.

"후우, 후우……."

성수는 천천히 방으로 들어갔다.

주의 깊게 방 안을 살폈다.

벽장문이 미세하게 흔들렸다.

성수는 쇠파이프를 단단히 고쳐 잡고 조심스럽게 벽장문 손잡이를 잡았다. 타이밍을 재고 셋을 세면서 힘껏 문을 열었다.

"나와!"

벽장 안에는 아무도 없었다.

성수는 기습에 의식해 급히 뒤를 돌아보았다. 다시 숨을 골랐다. 긴장을 가라앉히며 방을 살폈다. 그러다가 문득 침대 밑으로 시선이 갔다. 아이들 방에는 똑같은 사이즈의 침대 두 대가 나란히 놓여있었다.

성수는 그사이에 들어가 천천히 엎드렸다. 그러고는 먼저 호세가 쓰는 침대 밑부터 확인했다. 심호흡을 하며 오른쪽으로 고개를 돌렸다. 마찬가지로 침대 밑에도 아무도 없었다. 혹시 방을 착각했나 싶어 다시 고개를 드는데, 갑자기 반대편 침대 밑에서 쑥 손이 튀어나와 성수의 머리카락을 움켜쥐었다.

"죽어! 죽으라고!"

주희는 성수의 머리를 몇 번이고 잡아당겨서 침대 모서리에 부딪쳤다.

횟수가 열댓 번 정도로 늘어나자 성수의 몸이 축 늘어졌다. 주희는 재빠르게 침대 밑에서 기어 나와 쇠파이프를 집었다.

성수가 낮게 신음하며 손을 뻗자, 주희는 그를 비웃으며 유유히 물러섰다. 그러더니 눈을 부릅뜨고 쇠파이프로 성수의 다친 다리를 후려쳤다.

"아악!"

성수가 비명을 질렀다.

주희는 매질을 멈추지 않았다. 계속해서 다리를 내리쳤다.

그 무시무시한 광경에 방문 앞에 서 있던 호세와 수아가 뒷걸음질을 쳤다. 그러다가 주희가 눈을 희번덕거리며 쳐다보자, 깜짝 놀라며 그대로 주저앉았다. 주희가 매질을 멈추고 아이들 쪽으로 걸음을 뗐다.

"우리 아직 놀이 중이었지?"

주희가 배시시 웃으며 물었다.

호세와 수아는 세차게 고개를 흔들었다.

성수는 바닥을 짚고 일어서려고 했지만 다리에 힘이 들어가질 않았다. 근육이 찢어졌거나 뼈가 부러진 것 같았다.

"도망가. 호세야, 수아 데리고 도망가!"

성수가 필사적으로 외쳤다.

"백호세, 뛰어!"

호세가 기운을 차리고 벌떡 일어나 동생의 손을 잡고 거실로 달아났다.

주희는 성수를 흘끔 쳐다보더니 아이들을 따라갔다.

"안 돼. 그러지 마. 애들은 놔줘, 제발."

성수가 애원하듯 말했지만 주희는 이미 거실 밖으로 나간 후였다. 성수는 다시 침대를 붙잡고 몸을 일으켰지만 금세 균형을 잃고 주저앉았다.

"얘들아, 어디 숨었니?"

아이들을 따라 나간 주희는 즐겁다는 듯 낄낄거리며 집 안을 훑었다.

"그러고 보니 우리 아직 놀이가 안 끝났지? 좋아. 처음부터 다시 시작해볼까. 꼭꼭 숨어라, 머리카락 보인다. 꼭꼭 숨어라, 잡히면 나도 어떻게 할지 모르겠으니까……."

그때 주방에서 인기척이 들렸다.

"오호라, 거기 숨었구나? 금방 찾았네."

주희가 느릿느릿 주방으로 걸음을 옮겼다. 모퉁이를 지나 주방으로 들어서는데, 그 옆에 숨어있던 민지가 갑자기 모습을 드러내며 양주병으로 주희의 머리를 후려갈겼다. 얼마나 세게 내리쳤으면 단단한 술병이 산산조각 나고 말았다. 주희가 바닥에 쓰러졌다. 그때를 틈타 아이들이 부엌에서 나와 다용도실로 달아났다.

민지는 숨을 몰아쉬며 주희를 쳐다보았다.

금방은 못 일어날 것 같았던 주희가 머리를 세차게 흔들더니 천천히 몸을 일으켰다. 민지는 그걸 보고 전의를 완전히 상실해 감히 맞서볼 생각도 못해보고 엉금엉금 기어서 아이들 방으로 달아났다.

"하아, 하아, 아, 짜증나. 이젠 지긋지긋해."

수희가 씩씩거리며 다시 일어섰다. 머리가 깨져 이마에서 피가 흘렀지만 아랑곳하지 않았다. 눈을 허옇게 치켜뜨며 고개를 돌렸다가 엉금엉금 기어서 아이들 방으로 달아나는 민지를 발견하고 성큼성큼 다가갔다.

"어딜 가!"

주희는 방금 전에 당한 것을 되갚아주려는 듯 소리를 있는 대로 지르며 민지의 옆구리를 사정없이 걷어찼다. 주희는 완전히 악에 받쳐서 미친 듯이 발길질을 해댔다. 민지는 비명도 지르지 못하고 그대로 의식을 잃어버렸다.

"하아, 하아, 하아, 그러게 왜 남의 집에 들어와."

주희는 숨을 몰아쉬며 주위를 두리번거렸다. 아직 할일이 남아있었다.

"얘들아, 어디 있니?"

주희는 다시 아이들을 찾아 나섰다.

"이리 나와 봐!"

아이들을 부르며 천천히 집 안을 살폈다. 그러다가 별 소득이 없자 슬슬 짜증을 내기 시작했다. 신경질을 부리며 문이란 문은 다 열어보았다.

"빨리 나와. 빨리 나오라고! 아주 지긋지긋해. 왜 다들 우리만 이렇게 괴롭히는 거야? 왜 자꾸 우리 집만 가지고 그러는데?"

주희는 서재로 갔다.

서재에 있는 서랍장들은 다 열어보았다. 그러다가 발작처럼 소리를 질렀다.

"아, 진짜. 여기 뭐 묻은 거 봐! 하나도 못 쓰게 됐잖아! 이거 봐! 너희가 지랄하는 바람에 다 더러워졌잖아!"

헉헉대며 주변을 둘러보던 주희는 갑자기 깨끗하게 정리를 하기 시작했다.

그때 아이들 방에서 다리를 심하게 절며 성수가 나왔다.

성수는 몇 걸음을 옮기다가 중심을 잃고 휘청거렸다. 가까스로 중심을 잡은 성수는 소파를 짚고 서서 주희의 행동을 지켜보았다. 이상하게도 주희는 성수가 나왔는데도 전혀 의식하지 않고 청소하는 데만 집중했다. 주절주절 중얼거리며 바닥에 떨어진 병조각들을 줍는 모습은 아무리 봐도 정상이 아니었다.

"우리 집이야. 여기 우리 집이야…… 장식장도 다시 사야

하고. 도배도 다시 할 거야. 흰색으로. 싱크대도 좀 늘려야 되고. 소파도 하나 새로 살 거야."

그때 드레스 룸에서 기침소리가 들렸다.

수아였다.

바닥을 치우던 주희가 고개를 휙 돌려 그쪽을 쳐다보았다.

기관지가 약한 수아는 이제 본격적으로 기침을 하기 시작했다.

"더러워, 불결해. 이러면 청소를 해도 끝이 없잖아. 여긴 내 집이야. 내 집에서 대체 왜들 이러는 거야."

주희는 쇠파이프를 집더니 드레스 룸으로 걸어갔다. 그러고는 방문을 열려고 하자 잠자코 지켜만 보고 있던 성수가 간신히 쥐어짜듯 내뱉었다.

"그만해!"

그때서야 주희는 성수를 의식하고 천천히 돌아섰다. 손에 쥔 쇠파이프를 당장이라도 휘두를 기세였다.

"그, 그거 내려놔."

성수가 쇠파이프를 가리키며 말했다.

"우리 집이야! 우리 집이라고!"

주희가 어린애처럼 악을 썼다.

"그래. 알았어. 우, 우리가 나갈 테니까. 여기서 살아."

성수는 알겠다는 듯 고개를 끄덕였다.

주희가 눈을 크게 떴다.

"알았지? 나, 나랑 집사람이랑 그리고 우리 애들이랑 여기서 나가게만 해줘. 그럼 이 집에서 살아도 뭐라고 안 할게."

성수는 다소 지친 듯 읊조리듯이 말했다.

"거짓말 하지 마!"

주희는 믿을 수 없다는 듯 쇠파이프를 머리 위로 번쩍 들었다. 그러자 성수는 바지주머니에서 라이터를 꺼냈다.

"뭐야. 지금, 뭐하는 거야."

당황한 주희는 말을 더듬었다.

성수는 조용히 주희를 바라보더니 손수건에 양주를 적셔 한손에 쥐고, 다른 손으로는 라이터를 켰다.

"안 돼! 하지 마!"

주희는 처음에는 성수의 행동이 무엇을 의미하는지 몰랐다가 뒤늦게 깨닫고 당황해서 손을 흔들었다.

"그러니까 여기서 나가게만 해줘."

주희는 눈알을 이리저리 굴리며 어찌할 줄을 몰랐다.

성수는 주희를 바라보며 담담히 말을 이었다. 그러면서 아주 천천히 다가갔다.

"거짓말 아니야. 정말이야. 이 집을 가져도 되니까, 그냥 나가게만 해달라고. 조용히 나갈 테니까."

주희는 정말이냐는 듯 성수를 쳐다보았다.

성수가 조용히 고개를 끄덕였다.

"이런 집, 이제 필요 없어. 당신이 가져. 난 그저 가족들만 있으면 돼."

성수는 조심스럽게 주희가 쥐고 있는 파이프를 가져왔다. 의외로 주희는 순순히 파이프를 내주었다. 성수는 쇠파이프를 멀찌감치 던졌다.

"정말, 내가 가져도 돼?"

주희가 물었다.

"어, 그래."

성수는 다시 한 번 고개를 주억거렸다.

그때 갑자기 밖에서 현관문을 두들기는 소리가 들렸다.

"경찰입니다. 문 좀 열어보세요! 백성수 씨, 저, 박 형삽니다. 어서 문을 좀 열어보세요."

"어이, 최 씨! 가서 마스터키 좀 가져와. 어서!"

"문 여세요, 백성수 씨! 경찰입니다."

경찰이 신고를 받고 온 모양이었다.

성수는 멍하니 현관문을 바라보다가 다시 주희를 쳐다보았다.

"날, 나를 속였어!"

주희가 잡아먹을 듯이 성수를 노려보았다.

"아냐, 그런 거."

성수는 강하게 부정했다.

"아니라고? 거짓말! 전부 거짓말이야! 처음부터 날 속일 생각이었잖아. 안 그래?

주희가 눈을 부라리며 성큼성큼 다가왔다.

당황한 성수는 뒤로 물러섰다.

하지만 불편한 다리로는 한 걸음을 움직이는 것도 쉽지 않았다. 겨우 두 걸음 만에 중심을 잃고 나자빠지고 말았다. 그러자 주희가 소리를 지르며 성수에게 달려들었다. 그 충격으로 성수는 라이터를 떨어뜨렸다.

"우리 집이야. 여기는 우리 집이야!"

주희가 쓰러진 성수의 가슴팍에 올라타더니 두 손으로 목을 졸랐다. 흥분한 상태라 그런지 힘이 대단했다. 남자인 성수도 감당하기 어려울 정도였다. 성수는 몸에서 점점 힘이 빠지는 것을 느꼈다. 시야도 뿌옇게 흐려졌다.

"우리 집이야. 여긴, 우리 집이라고."

그때 드레스 룸에서 수아가 오빠를 뿌리치며 밖으로 뛰어나왔다.

"아니야! 우리 집이야!"

"우리 집이야……."

주희가 당황해서 말끝을 흐렸다. 수아 때문인지 성수의 목을 조르던 힘도 슬쩍 느슨해졌다. 가까스로 정신을 차린 성

수는 바로 옆에 떨어진 라이터와 술을 적신 손수건을 보았
다. 성수는 주희가 당황하는 사이에 라이터로 손을 뻗었다.

"우리 집이야!"

수아는 주먹을 불끈 쥐고 외쳤다.

"우리 집이야! 우리 집이라고! 왜 남의 집에서 난리야! 왜
다들 자꾸 우리 집만 가지고 이러는 거야! 우리가 뭘 잘못했
어!"

주희는 바락바락 소리를 질렀다.

마침내 라이터를 잡은 성수가 나지막하게 말했다.

"아니야."

주희가 당황해서 밑에 깔린 성수를 보았다. 성수는 주희를
노려보며 라이터를 켰다

"누구의 집도 아니야."

성수는 거칠게 주희를 밀어내고 힘겹게 일어섰다.

"안 돼. 하지 마. 이 집은 안 돼"

주희가 애원하듯 말했다.

"아니, 그래야 해."

성수는 가만히 서서 주희를 바라보았다. 그 뒤로 죽은 성
철이 나타났다. 물론 성수의 죄의식이 만들어낸 환각이었다.

이제 성수는 자신에게 일어난 일들의 의미를 알 것 같았
다.

이 모든 것은 처음 형의 실종 소식을 접했을 때부터, 아니 오래전에 자신이 형을 배신할 때부터 비롯된 일이었다.

형은 이 집을 원한 게 아니었다.

아버지가 물려준 이 집이 사라지길 바란 것이다.

이 집은 성수와 성철의 사이를 가로막고 있는 장벽이었다. 성철은 이 집이 사라져야 비로소 성수와 서로 화해할 수 있다고 믿었던 것 같았다. 이 불쌍한 여자도 어쩌면 형의 망령에 휘둘려 자신에게 형을 대신해서 지난날의 죄를 묻고 그에 대한 대가를 치르게 하는 것인지도 몰랐다. 물론 해석은 자유다.

하지만 분명한 것은 이 집이 사라지면 모든 문제가 해결된다는 사실이다. 이 여자의 이해할 수 없는 광기도, 자신이 형에게 품고 있는 죄책감도, 그리고 아내가 이 나라를 훌훌 떠날 수 있는 해결책.

"지금은 이게 최선이야."

성수는 그렇게 말하고는 손수건에 불을 붙여 바닥에 던졌다. 바닥에 흥건하게 고인 양주에 불이 붙으면서 불길이 확 타올랐다.

"안 돼. 여긴 안 돼! 이럴 수는 없어! 우리 집이야. 우리 집이라고. 우리 집이야……."

주희는 미친 듯이 불을 끄려고 했다. 하지만 불길은 오히려 주희를 집어삼켰다. 조금 전에 민지에게 양주병을 얻어맞을 때, 몸에 흘러내린 양주에 불이 붙은 것이다.

"아빠!"

아이들이 성수에게 달려왔다.

성수는 아이들을 끌어안고 가만히 서서 주희를 쳐다보았다.

불길은 크게 번지지 않았다.

하지만 주희의 몸에 붙은 불은 쉽게 꺼지지 않았다. 정작 주희는 제 몸이 타들어가는 지도 모르고 카펫에 붙은 불을 끄느라 여념이 없었다.

순간, 스프링클러가 연기를 감지하고 작동하면서 거센 물줄기를 쏟아냈다.

수압을 견디지 못하는 듯, 주희가 바닥에 쓰러졌다.

"우리 집이야. 우리 집이야……."

그때 문을 열고 사람들이 들어왔다.

그들은 눈앞에 펼쳐진 생지옥에 경악을 금치 못했다.

누군가는 낮게 비명을 질렀다.

구석으로 가서 토악질을 하는 사람도 있었다.

바닥에 쓰러진 주희의 몸에선 하얀 연기가 모락모락 피어올랐다. 경찰들이 뒤늦게 다가가 주희의 몸에 남아있는 불씨를 껐다.

박 형사가 많은 것을 물어보는 눈빛으로 성수를 쳐다보았
다.

성수는 그를 무시하고 여전히 깨어나지 못하고 있는 아내
에게 다가가 아이들과 함께 곁을 지켰다.

"뭐해, 앰뷸런스를 불러!"

관리소장이 최 씨에게 고함을 질렀다.

최 씨가 허둥대며 밖으로 뛰어나갔다.

네 식구만 단란하게 살던 집이 갑자기 많은 사람들로 북적
거렸다.

성수는 멍하니 베란다를 쳐다보았다.

그곳에서, 어린 시절의 성철이 말없이 성수를 바라보고 있
었다.

·50

　결국 주희는 살아남지 못했다. 화상을 너무 심하게 입어 병원에서도 어떻게 할 도리가 없었다. 성수는 경찰서로 찾아가 지극히 형식적인 진술만 하고 무사히 풀려났다. 형사들은 주희의 여죄를 밝히는 데만 신경 쓰는 눈치였다. 그들 중 누구도 죽은 성철이나 독거노인에게 관심을 갖는 사람은 없었다.

　성수는 절차를 밟아 형의 시신을 수습해서 가족묘지에 이장했다. 부모님 묘 옆에 나란히 형의 무덤이 생겼다.

　친척 형은 형의 무덤을 보며 이렇게 말했다.

　"그래도 좋게 생각하자. 적어도 죽을 때는 부모님 곁에 돌아왔잖냐. 이렇게 마지막이라도 가족이 모였으니 그걸로 된 거지. 그래도 여기가 명당자리라고 소문난 곳이야. 앞으로 너 하는 일이 잘 풀릴 거다. 요새 이만한 묘 자리를 구하는 것도 쉽지 않아. 아주 전국적으로 묘지대란이야, 대란."

　성수는 아내와 상의한 끝에 미국에 사는 처가로 돌아가기로 했다. 거기서 처음부터 다시 시작하기로 했다.

두 내외가 모두 영주권을 소유하고 있었기 때문에 별로 어려운 일은 아니었다. 언제나 그렇듯 마음의 문제였다.

출국을 앞두고 성수는 주변을 정리했다.

카페는 가까운 후배에게 넘기고 약속했던 것처럼 진주에게 매니저 자리를 맡겼다.

부부가 타고 다니던 두 대의 자동차는 중고시장에 내놓았다. 관리를 잘한 탓에 가격을 제법 후하게 받았다.

아파트가 문제였다. 좋지 않은 소문이 도는 바람에 성수가 살던 아파트단지 전체가 절반 가격으로 떨어졌다. 소문에 민감한 사람들이 입주를 포기했기 때문이다. 결국 출국하는 날까지 집을 보러 오겠다는 사람이 없었다.

결국 성수는 부동산업체에게 집을 넘기고 머릿속에서 지우기로 했다. 어차피 미련 따윈 없었다.

오히려 홀가분했다.

출국 전 날 박 형사에게서 전화가 왔다. 사건이 종결되었다는 이야기를 하며 그동안 마음고생이 심했겠다면서 위로를 해주었다. 그러면서 마지막으로 덧붙이기를 주희의 딸을 찾지 못했다고 했다. 그 어린아이가 대체 어디로 사라졌는지 백방으로 찾아봐도 소득이 없었다고 한다. 이제는 자기 손에서 떠났다며 허탈하게 웃었다.

성수는 어딘가에 분명히 그 아이가 살아있을 거라고 생각
했다. 성수는 아직도 똑똑히 기억하고 있다. 엄마를 쏙 빼닮
은 그 아이의 탐욕스러운 눈빛을.

"여보, 탑승할 시간이에요."

아내가 다가와 알려주었다.

"어, 그래……."

성수는 아직도 불편한 다리를 절룩거리며 여행 가방을 끌
고 게이트로 향했다. 아이들은 사건 직후 먼저 미국에 보낸
후였다. 아내가 다가와 성수를 부축했다. 두 내외는 서로를
의지하며 천천히 게이트로 걸어갔다.

문득 성수는 걸음을 멈추고 뒤를 돌아보았다.

대합실을 오가는 사람들 사이에서 언뜻 평화를 닮은 아이
를 본 것 같았다. 한참을 쳐다보던 성수는 이내 고개를 주억
거리며 다시 걸음을 옮겼다.

51

엘리베이터 문이 열리며 젊은 부부와 어린 사내아이가 내렸다. 뒤이어 말쑥하게 정장을 차려입은 부동산 업자가 영업적인 미소를 지으며 따라 내렸다.

"자, 이쪽으로 오십시오."

부동산 업자는 앞장서더니 현관문을 열었다. 그러고는 젊은 부부가 먼저 들어갈 수 있도록 옆으로 비켜섰다.

"와, 집이 생각보다 넓네요. 이런 집이 어떻게 그 가격에 나올 수가 있는 거죠? 정말 좋다."

젊은 여자가 놀란 얼굴로 부동산 업자를 바라보며 말했다.

"여기가 경기가 나빠지면서 분양이 잘 안 되는 바람에 가격이 전체적으로 좀 다운됐습니다. 그래서 저희도 빨리 채우려고 특별히 인하한 가격으로 분양을 하고 있습니다."

부동산 업자가 실실 웃으면서 부부의 눈치를 살폈다. 웃는 얼굴이지만 뭔가 감추고 있는 듯 했다.

"혹시 뭔가 하자가 있는 건 아니죠? 어딘가 고장이 났다든가, 아니면 여기서 혹시 누가 죽었다거나, 그런 건 아니겠죠?”

이번에는 남자가 웃으면서 말했다. 부동산 업자도 어색하게 웃었다.

“설마요. 그럴 리가요. 절대 그런 일은 없습니다.”

그러자 여자가 뭔가 생각났다는 듯이 중얼거렸다.

“그러고 보니까 작년인가 여기였나? 사람이 죽었다는 뉴스가 난 거 같은데.”

부동산 업자가 식은땀을 흘리며 두 부부의 시선을 피해 안으로 들어갔다. 그러면서 화제를 돌렸다.

“자, 이쪽으로 오세요. 여기가 최고급 마감재만 써서 아주 끝내줍니다.”

두 부부는 부동산 업자를 따라 안방으로 들어갔다. 아이는 부모를 따라가다가 뭔가를 발견했는지 걸음을 멈추고 드레스 룸을 쳐다보았다. 그러고는 엄마를 흘끔 살피더니 살며시 문을 열고 드레스 룸으로 들어갔다. 아이는 벽장 하나를 열어보았다. 그 안에는 더러운 곰 인형 하나가 있었다. 아이는 호기심 어린 눈으로 인형을 바라보다가 살짝 주워들었다. 얼굴을 비벼보고 냄새를 맡았다.

“한명우! 너 엄마가 뭐랬어. 함부로 남의 물건 만지지 말라고 했지. 그건 너무 더럽잖아. 빨리 내려 놔.”

여자가 다가와 아들을 나무랐다. 그러고는 손수건을 꺼내

더러워진 아들의 손을 거칠게 닦았다. 문득 아들의 얼굴을 쳐다보니 눈병이 난 것처럼 두 눈이 새빨갛게 충혈 되었다.

"어머, 얘가 눈이 왜 이러지? 대체 뭘 만진 거야."

여자가 당황하며 주변을 살피다가 다급하게 남편을 불렀다.

"여보! 이리로 와 봐요."

그러면서 아이를 데리고 거실로 나갔다.

"여기 안 되겠어. 애, 눈 좀 봐. 이거 새집증후군, 뭐 그런 거 아냐? 이런 데서 아이를 어떻게 키워. 우리 그냥 가자."

여자는 막무가내로 남편과 아이를 데리고 집을 나갔다.

"저기요? 사모님, 잠깐만 기다리세요. 뭔가 오해를 하셨습니다. 잠시만 기다리세요."

부동산 업자가 당황하며 부부를 쫓아갔다. 문이 닫히고 정적이 찾아왔다. 드레스 룸 옷장 안에서 나직한 중얼거림이 흘러나왔다. 앳된 어린아이의 목소리였다.

"여긴 우리 집이야. 우리 집이라고……."

- END -

숨바꼭질

1판 1쇄 발행　2013년 8월 14일
1판 2쇄 발행　2013년 9월 16일

각본　허정
소설　이상민

발행인　김성룡
펴낸곳　도서출판 가연
주 소　서울시 금천구 가산동 37-50 에이스하이앤드 3차 1407호
구입문의　02-858-2217
팩 스　　02-858-2219

ISBN　978-89-6897-003-0 13810